PÉ NA ESTRADA

PÉ NA ESTRADA
BETH REEKLES

TRADUÇÃO
IVAR PANAZZOLO JUNIOR

Copyright © 2020, Beth Reeks
Título original: Road Trip
Tradução para Língua Portuguesa © 2020, Ivar Panazzolo Junior
Todos os direitos reservados à Astral Cultural e protegidos
pela Lei 9.610, de 19.2.1998.
É proibida a reprodução total ou parcial sem a expressa anuência da editora.
Este livro foi revisado segundo o Novo Acordo Ortográfico da Língua Portuguesa.

Produção editorial Aline Santos, Bárbara Gatti, Fernanda Costa, Jaqueline Lopes, Mariana Rodrigueiro, Natália Ortega, Renan Oliveira e Tâmizi Ribeiro
Adaptação capa Marina Avila
Fotos Copyright © Bethan Reeks e Shutterstock Images

Dados Internacionais de Catalogação na Publicação (CIP)
Angélica Ilacqua CRB-8/7057

R255p

    Reeks, Beth
       Pé na estrada / Beth Reeks; tradução de Ivar Panazzolo Junior.
    — Bauru, SP : Astral Cultural, 2020.
       144 p.

    Título original: Road Trip
    ISBN: 978-65-5566-040-1

       1. Literatura inglesa 2. Literatura juvenil 3. Adolescentes - Ficção 4. Férias - Ficção I. Título II. Panazzolo Junior, Ivar

20-2434
                                                                                                                CDD 823

Índice para catálogo sistemático:
1. Literatura inglesa 823

ASTRAL CULTURAL EDITORA LTDA.

BAURU
Av. Nossa Sra. de Fátima, 10-24
CEP 17017-337
Telefone: (14) 3235-3878
Fax: (14) 3235-3879

SÃO PAULO
Rua Helena, 140, Sala 13
1º andar, Vila Olímpia
CEP 04552-050

E-mail: contato@astralcultural.com.br

1

— VOCÊ AINDA NÃO COMPROU AS PASSAGENS, NÃO É?

Eu gemi, baixando rapidamente o volume do meu computador quando Lee Flynn, confuso e preocupado, surgiu na janela do FaceTime.

Olhei para ele e depois para a tela do meu computador. Duas passagens de avião para Nova York, com bagagem inclusa, uma para o Sr. Lee Flynn e outra para a Srta. Rochelle Evans.

— Cara, você não precisa gritar. Estou fazendo isso agora mesmo. E escolhendo nossos assentos. Você vai ficar no corredor, sei que gosta da janela, mas vai levantar toda hora para ir ao banheiro e eu não vou conseguir suportar isso.

Você sabe que vai custar vinte dólares a mais para cada um de nós incluir...

— Abortar missão, Shelly! — gritou meu melhor amigo. Lee se aproximou do telefone até eu poder enxergar somente a metade de cima de seu rosto, com a testa franzida e as sobrancelhas unidas. Seus cabelos castanhos estavam desgrenhados, espetados e fazendo ângulos estranhos, e seus olhos azuis me fuzilavam através da tela. — Não compre as passagens.

— O quê? Mas...

Minha mente estava confusa. Por que ele não queria que eu comprasse as passagens? Vínhamos planejando essa viagem há semanas. As férias de primavera estavam chegando e decidimos celebrar a ocasião com uma viagem pelo país. Era o nosso último ano na escola; estávamos nos esforçando muito para conseguir tirar notas boas para os processos seletivos da faculdade e merecíamos uma pausa.

Além disso, Noah, o meu namorado e também o irmão mais velho de Lee, estava cursando seu primeiro ano da faculdade em Boston, do outro lado do país. E devo admitir que isso era um fator enorme para que eu quisesse conhecer a costa leste. Mas não era um desejo totalmente egoísta; Rachel, com quem Lee namorava há cerca de um ano, tinha acabado de ser aceita na Universidade Brown, que ficava a cerca de uma hora de distância de Harvard. Rachel e seus pais iam viajar até lá para conhecer o campus. Enquanto eu estivesse com Noah, Lee iria até Rhode Island para se encontrar com Rachel.

O plano era pegar um avião até Nova York e, de lá, ir de carro até Boston, mas não antes de passar um dia em Nova York para visitar alguns pontos turísticos da cidade. Eu estava empolgada para conhecer a Estátua da Liberdade. Nunca havia estado em Nova York antes. Na verdade, quase não sai muito da Califórnia.

Já tínhamos planejado tudo: uma viagem incrível para celebrar o nosso último ano no ensino médio. E, de repente, Lee estava gritando comigo e mandando eu abortar a missão?

— Você e Noah brigaram? — exigi saber, encarando-o com uma expressão séria.

Lee e Noah tinham um companheirismo sólido, mas nem sempre concordavam em tudo. Eu já deveria saber. Vi os dois crescerem juntos e os conhecia muito bem. Lee e eu tínhamos a mesma idade, nascidos, inclusive, exatamente no mesmo dia e fomos amigos durante a vida inteira. Nossas mães também eram boas amigas, até que a minha mãe faleceu em um acidente de carro quando eu era mais nova.

Por sua vez, Lee e Noah nunca tiveram grandes brigas. A única vez em que realmente os vi brigar de verdade foi no verão passado, quando Lee descobriu sobre Noah e eu estarmos namorando escondidos. E ainda me sinto um tanto culpada por não ter contado a Lee, embora ele tenha me perdoado. Foi a única vez na vida em que menti para ele.

— Não, nada disso — hesitou Lee.

— Você brigou com Rachel, então? Lee, que droga está...

— Elle, estraguei tudo — disse ele, segurando o celular a uma distância maior para que eu pudesse ver o rosto dele. Fiquei abalada pela intensidade fatal daquela expressão de cachorro sem dono... algo que nem sempre funcionava comigo. — Você se lembra de que eu iria cuidar do aluguel do carro, não é?

— Sim. E daí?

— E daí que nenhuma locadora vai nos aceitar como clientes, porque ainda não temos dezoito anos.

Gemi e me debrucei por sobre a mesa, pressionando as mãos contra o rosto. Aquilo não deveria ter me surpreendido. Geralmente, eu era a pessoa mais organizada de nós dois, uma qualidade que atribuía ao fato de ter passado muito tempo cuidando do meu irmão mais novo. Lee era muito mais espontâneo e focado no momento presente. É claro que ele não havia se dado conta da restrição de idade até o último minuto. Exasperada, gritei:

— Lee! Você disse que tinha tudo sob controle!

— Bem, pensei que sim! Sabe, pesquisei no Google e descobri que havia algumas taxas extras se o motorista tiver menos de vinte e cinco anos, e isso não era um problema. Mas... depois, pensei que talvez pudesse alugar o carro usando o nome de Noah...

— Lee!

— Mas a minha mãe me ouviu pedir a ele pelo telefone...

— Ai, meu Deus! — bufei. Eu amava meu melhor amigo mais do que qualquer coisa, mas às vezes ele acabava se empolgando demais. — Por favor, me diga que não estava realmente pensando em fazer isso. Tenho certeza de que isso deve ser crime.

— Poupe-me do sermão. Minha mãe já gritou comigo por causa disso. Eu disse que era só uma brincadeira, mas... no fim das contas, Noah nunca ia concordar com isso. Fiquei chocado. Ele era o *bad boy* da escola, sempre se envolvendo em brigas e matando aula. Ele até fumava. Foi só passar uns meses em Harvard e agora ele é o moço bonzinho da história?

Revirei os olhos. Por mais irritada que estivesse por Lee considerar aquela como a nossa segunda opção, não consegui evitar um sorriso quando ele falou desse jeito sobre Noah. Apesar de ser o *bad boy* da nossa escola, como Lee disse, Noah mudou muito desde que foi para a faculdade.

Todo mundo o achava bastante intimidador, mas Lee e eu o conhecíamos muito bem. Noah era o meu *crush* impossível desde que eu tinha uns doze anos de idade. E que acabou não sendo tão inalcançável assim quando começamos a namorar no ano passado, depois de nos beijarmos na barraca do beijo que montei com Lee para o Festival da Primavera.

A faculdade podia ter amansado um pouco do espírito *bad boy* dele, mas ainda assim era o nosso Noah. Ainda era o meu Noah, pensei, com aquela sensação de borboletas no estômago e um calor gostoso se espalhando pelo corpo.

Assim que aquele pensamento surgiu na minha mente, a preocupação começou a me dominar. Eu não via Noah desde o Natal, e... bem, ele havia mudado bastante desde que foi para a faculdade. Eu esperava que ele ainda fosse o meu Noah... Afastei aquele pensamento. Tudo seria como sempre foi entre nós. Não poderia ser diferente.

— Bem, de qualquer maneira... — Lee falou, de repente, me fazendo parar de pensar no meu namorado. Ele estava com um sorriso enorme no rosto, algo que eu não esperava. — Não compre as passagens. Vamos de carro até lá.

— O quê?

— Bom, não seria uma viagem tão longa, não é, Shelly? — disse ele, erguendo as sobrancelhas. — Somente o trecho de Nova York até Boston?

— São cinco horas de viagem, Lee.

— Exato. Não dá para cruzar o Texas em cinco horas.

— E quanto tempo demoraria uma viagem de carro daqui até Boston? — perguntei, abrindo uma nova aba no navegador para pesquisar. Não fazia nem um ano desde que comecei a dirigir e, definitivamente, nunca tinha feito uma viagem longa. Especialmente uma viagem que atravessasse o país.

— Uns dois dias — disse Lee tão rápido que quase nem ouvi. — E se nos alternarmos dirigindo e dormirmos na estrada, vamos chegar bem rápido. Além disso, a escola ainda vai ficar uma semana inteira fechada depois do feriado, lembra? Eles têm que consertar todos aqueles encanamentos quebrados e trocar a fiação. Vamos ter tempo suficiente para ir até lá de carro e voltar. E ainda vamos conseguir conhecer os lugares e sair com a turma.

Uma voz sensata no fundo da minha cabeça me dizia que aquilo era algo completamente ridículo. Mesmo se nos alternássemos, com um de nós dirigindo enquanto o outro dormia, provavelmente levaríamos uma semana para chegar. Era uma sugestão maluca. Devíamos simplesmente pegar um avião até Boston, porque, claro, essa era a coisa mais fácil a fazer. Mas Lee e eu não gostávamos de coisas fáceis, muito pelo contrário, gostávamos de maluquices.

Meu pai provavelmente ia suspirar, esfregar os olhos e perguntar se realmente tínhamos noção do que estávamos fazendo. Noah ia rir e dizer que mal chegaríamos a sair da Califórnia antes de dar meia-volta e entrar em um avião. Os pais de Lee provavelmente revirariam os olhos e jogariam as mãos para cima, sabendo que seria impossível nos convencer do contrário e nos dariam bastante dinheiro para gasolina. E a mãe de Lee insistiria para que mandássemos mensagens em intervalos regulares para ter certeza de que nós estávamos bem.

Enquanto repassava aquilo na cabeça, a voz sensata e incômoda foi ficando cada vez mais baixa, até desaparecer inteiramente e ser substituída pela voz de Lee.

Ele não chegou a perceber os meus devaneios. Estava ocupado demais me dizendo que nem se importava em viajarmos no seu precioso Mustang 65 conversível, que viajar de carro seria bem mais divertido do que ir de avião e será que eu não achava legal a ideia de atravessar o país com o pé na estrada? E faríamos aquilo que todo mundo espera poder fazer algum dia. Estaríamos livres dos nossos pais e das responsabilidades; seríamos somente nós e a estrada. Seria, sei lá, um rito de passagem. E uma coisa totalmente adulta: atravessar o país para encontrar nossos pares e conhecer faculdades, ainda assim. Lee garantiu que ainda poderíamos visitar Nova York, mesmo que fosse somente para atravessar a cidade.

— Vamos lá — implorou Lee. — Este é o nosso último ano, Elle. Este deveria ser o nosso ano, não se lembra? O *grand finale* da nossa jornada pelo ensino médio. Esta poderia ser a nossa última grande aventura antes do resto de nossas vidas!

Ele finalmente parou de falar para tomar fôlego. Seus olhos brilharam e sua boca se abriu em um sorriso enorme, enquanto ele esperava ansioso pela minha decisão.

— Lee... — falei, com uma expressão grave no rosto.

Eu o ouvi engolir em seco, pronto para ter sua ideia rechaçada.

— Esteja aqui em dez minutos. Temos que sair para comprar uns petiscos para viajar.

2

JUNE FLYNN ABRAÇOU O FILHO COM FORÇA E, EM SEGUIDA, SE virou para me fazer o mesmo comigo.

— Tenham cuidado na estrada, está bem? Não passem do limite de velocidade. Juro por Deus, Lee, se você voltar com uma única multa por excesso de velocidade que seja, vou lhe deixar de castigo até a sua formatura da faculdade. E você, mocinha... — Ela se virou para mim com uma sobrancelha erguida e os braços cruzados. — Cuide dele, está bem? Não quero que nenhum dos dois dirija se estiver cansado.

— Nós já sabemos, mãe. — Suspirou Lee.

Eu já tinha passado por aquela mesma conversa mais de doze vezes com meu pai antes de ir para a casa de Lee. Brad, meu irmão de onze anos, passou os últimos dias emburrado e se queixando em voz alta pela casa. Lee e eu só havíamos contado aos nossos pais sobre a viagem até o outro lado do país depois que terminamos de planejar nossa rota, decidimos onde queríamos parar e montamos uma playlist. Brad estava louco para vir com a gente. Chegou até mesmo a tratar Lee com frieza antes da nossa partida... algo bem importante. Brad idolatrava Lee.

— Eu não posso mesmo ir com eles? — implorou Brad para o meu pai.

Lee se agachou e colocou a mão no ombro de Brad.

— Ei, amigão — sussurrou ele. — Olhe, cá entre nós... vai ser uma viagem muito chata. Vamos ficar enfurnados nesse carro por dias. E vai haver muito trânsito também. Se você realmente quer passar quase uma semana preso em um carro com a sua irmã...

Brad pensou naquilo por alguns minutos, fazendo um beicinho antes de perguntar:

— Vocês vão me mandar fotos se pararem em algum lugar legal? E me trazer um souvenir de Nova York?

— Juro por Deus — prometeu Lee.

O sermão de June era muito parecido com o do meu pai, embora ela mandasse que Lee me escutasse e me lembrasse para cuidar de Lee. Meu pai, por sua vez, fez com que Lee jurasse que ia cuidar de mim e me disse que eu devia escutar o que ele dizia.

— E se vocês tiverem um acidente...

— Já sei, mãe. Meu pai já me disse cem vezes o que devo fazer. Tenho seguro e Noah me ensinou a trocar pneus. Estamos preparados.

June franziu os lábios por um longo momento antes de abraçar nós dois.

— Vou rastrear vocês pelo Find My Friends.

— Você não devia ter ensinado minha mãe a usar isso — murmurou Lee para mim.

Dei de ombros, pois não me arrependia muito. Tinha recebido uma boa quantidade de mensagens de June perguntando se eu tinha notícias de Noah, pois ela não recebia notícias dele há algum tempo e estava preocupada. Ela imaginou que teríamos conversado e, se não tivéssemos, ela estaria certa em se preocupar. Após algum tempo, aquilo começou a ficar demais para mim, e eu mostrei a ela como se usava o Find My Friends para fazer com que ela ficasse mais calma.

Terminamos de nos despedir. O velho Mustang 65 conversível de Lee já estava carregado com as nossas malas, vários petiscos, bebidas e alguns cobertores. Montamos uma playlist de quinze horas e trinta e dois minutos para a viagem e Lee mandou trocar o aparelho de som do carro havia algum tempo, de modo que pudéssemos conectar nossos celulares.

June esperou na varanda para acompanhar nossa partida, com o blusão enrolado ao redor do corpo e uma mão erguida para proteger os olhos do sol. Lee verificou os espelhos e deu a partida no motor enquanto eu afivelava o cinto de segurança. Ele deixou a capota aberta; assim, prendi o cabelo em um rabo-de-cavalo para que não ficasse todo desgrenhado pelo vento. Tirei os óculos de sol da gola da minha blusinha e os coloquei no rosto; em seguida, conectei o meu celular. O Spotify estava aberto em uma das janelas e, em outra, a nossa rota.

Meu celular tocou. Era uma mensagem de Noah. Meu coração parou por um instante e segurei o celular com carinho para lê-la.

Mal posso esperar até a gente se encontrar daqui a uns dias. Planejei um monte de coisas para quando você chegar. Beeeijos.

O cinto de segurança de Lee se fechou com um clique. A primeira música começou a tocar. Era uma das escolhas de Lee: *Shut Up and Drive*, da Rihanna. Ele sorriu para mim, com os olhos azuis reluzindo sob o sol, os cabelos castanhos penteados para trás, e os dedos flexionados ao redor do volante. Ele pisou algumas vezes no acelerador, sem engatar a marcha.

— Está pronta, Shelly?

— Prontíssima — respondi e minha mente começou se concentrar no reencontro com Noah. — Agora, cale a boca e dirija.

...

QUANDO PENSAMOS NO ASSUNTO, ATRAVESSAR O PAÍS DIRIGINDO praticamente sem parar durante quatro ou cinco dias não parecia ser tão divertido. Afinal, passaria o tempo todo sentada em um carro, ficaria presa no trânsito, pegaria comida em lanchonetes de beira de estrada. Além disso, nós tínhamos um destino para alcançar, então não podíamos ficar parando em qualquer cidade que cruzássemos, ou ir, ver a Maior Bola de Lã do Mundo, visitar o Museu dos Cadarços ou qualquer coisa pela qual passássemos.

Brad definitivamente odiaria essa experiência. Mas, depois de quatro horas, já estávamos quase chegando ao Arizona e eu estava amando cada segundo. Desde que Lee e eu começamos a conversar sobre uma viagem curta de Nova

York a Boston, eu vinha imaginando tudo aquilo: uma música indie suave e um pouco melancólica tocando, provavelmente com um banjo, Lee e eu rindo, as janelas abertas e o sol brilhando em nossas caras. Eu disse a mim mesma que aquilo era só uma fantasia...

Mas era quase exatamente como as coisas estavam acontecendo agora.

Claro, a música no aparelho de som não era de uma banda indie que tinha um banjo entre os instrumentos. Era um dueto de *Os Miseráveis*, e Lee conhecia cada palavra. Rachel fazia parte do grupo de teatro da escola e *Os Miseráveis* era a produção deste ano. Lee, o namorado sempre solícito, a ajudou com vários ensaios. E colocou várias faixas do musical em nossa playlist, inclusive.

— Vamos lá, Shelly! — exclamou ele, com o rosto marcado pelo riso. — Você prometeu que ia cantar as outras partes!

— Por que eu não posso ser aquela garota? Por que você tem que ser Eddie Redmayne?

— Porque eu sempre sou Marius. Nunca consegui ser Cosette. Me faça esse favor, Shelly. Vamos começar de novo. Ah, me passe outra daquelas balas.

Dei uma bala para ele. Havíamos calculado cuidadosamente os petiscos antes de sair, e eu fiquei encarregada de cuidar do racionamento da comida enquanto Lee estava ao volante. Fiquei feliz por termos pensado em tudo antecipadamente; caso contrário, nós dois fatalmente já teríamos devorado um estoque de dois dias de petiscos a essa altura.

Era a quinta vez que Lee colocava a mesma música para tocar e eu já estava começando a decorar a letra. Lee até que cantava muito bem, mas tinha um sotaque francês horrível e exagerado. Eu não parava de explodir em risadinhas, independentemente do quanto tentasse ficar séria. Tivemos que aumentar bastante o volume para escutá-lo em meio ao barulho do vento e dos outros carros, mas quando Lee não conseguiu mais resistir e parou de cantar no meio de uma estrofe, tudo que consegui ouvir foi a risada dele.

A capota estava aberta e o vento soprava ao nosso redor, embolando os meus cabelos e desgrenhando completamente os de Lee. O sol estava um pouco quente, mas isso não me incomodava; o céu tinha aquele tom de azul-claro que nunca fica tão bonito em uma foto, não importa quantos filtros você aplique. A estrada se estendia à nossa frente. Palmeiras haviam dado espaço a arbustos e montanhas cinzentas e marrons começavam a se enfileirar no horizonte.

O sol e o vento estavam no meu rosto; Lee estava gritando e rindo ao meu lado, e a promessa da viagem ainda estava para ser cumprida. Eu nunca me senti tão livre.

3

PARAMOS PARA JANTAR HAMBÚRGUERES E, EM SEGUIDA, assumi o volante. Lee comeu tanto naquela lanchonete que caiu no sono depois de uns dez minutos. Assim, fechei a playlist de músicas e abri outra com podcasts. Havíamos cantado tanto durante a primeira parte do percurso que a minha garganta estava até doendo um pouco. Cada segundo havia valido a pena, mas eu precisava descansar a minha voz antes do próximo trecho de cantorias épicas.

A capota do carro estava levantada de novo. O ar noturno estava frio e refrescante. Sem as luzes da cidade, o céu estava negro e escuro, pontilhado de estrelas brancas e prateadas que piscavam.

Por volta da meia-noite, meu celular tocou. Apertei o botão do bluetooth no som do carro e atendi à ligação.

— Alô?

— Não acredito que vocês estão vindo de carro da Califórnia até Boston — disse uma voz grave e macia que fez meu coração parar de bater. Meu rosto se abriu em um sorriso.

— Noah. Oi.

— Sabe, se vocês tivessem simplesmente embarcado em um avião até Boston e se esquecido dessa viagem de carro, já poderiam estar aqui.

Noah soltou um suspiro suave. Era ainda mais tarde para ele. Imaginei que talvez tivesse ido a uma festa ou coisa do tipo. Imaginei Noah deitado em sua cama, com um braço sob a cabeça enquanto se espreguiçavam com um sorriso calmo e torto no rosto que mostrava a covinha que ele tinha na bochecha esquerda. Imaginei os olhos dele já quase fechados e na facilidade que eu teria para me deitar ao seu lado e beijá-lo. E desejei já estar lá.

— Liguei o viva-voz — avisei a ele.

— Oi, Lee.

— Ele está dormindo — falei após um instante. — Mas, você sabe. Ele pode acordar. Ou, como já o conheço bem, pode fingir que está dormindo para escutar a nossa conversa e depois ficar me provocando durante os próximos dias, porque não tenho como escapar. Por isso, não diga nada que possa me constranger muito, ou que seja romântico demais.

Noah riu.

— E como está indo a viagem por enquanto?

— Está ótima! Até sobraram alguns dos petiscos que compramos hoje. Para ser sincera, achei que já teríamos comido todos os doces e os salgadinhos antes de passarmos pela divisa do estado. E só levamos um susto até agora, quando quase batemos o carro.

— O quê?

Eu fiz um gesto irritado, franzindo a testa enquanto me lembrava do episódio.

— Um cara nos deu uma fechada para pegar uma saída da estrada interestadual no último segundo. Tinha um monte de carros buzinando. Não contamos essa parte para a sua mãe quando ligamos para ela durante o jantar.

— Provavelmente foi melhor assim.

— Por que você está acordado, então? Já devem ser duas da manhã por aí, não?

— Saímos para jogar boliche e ficamos até tarde. Tentei fugir antes de começarem a cantar no karaokê.

— Por favor, me diga que você cantou no karaokê. Espero que alguém tenha gravado um vídeo. — Endireitei o corpo no assento, sorrindo.

Eu não conseguia imaginar o meu namorado malvadão, que pilotava uma motocicleta, cantando no karaokê.

— Diga-me que colocaram você para cantar alguma coisa incrivelmente cafona, como... sei lá. *Blue Suede Shoes*, do Elvis Presley.

Havia uma gravação caseira de quando éramos crianças em que a mãe de Noah e Lee cantava *Blue Suede Shoes* junto com o rádio. Noah também aparecia, com talvez oito ou nove anos de idade, dançando junto com a mãe, imitando todas as coreografias clássicas de Elvis e errando metade da letra. Seus pais encontraram o vídeo havia algumas semanas e Lee o salvou em seu celular, caso precisasse chantagear Noah algum dia.

— O que você tem contra *Blue Suede Shoes*?

— Está querendo me dizer que você cantou *Blue Suede Shoes*? — o provoquei, sorrindo.

— Eu definitivamente não cantei no karaokê — ele me disse, com a voz grave. — Mas gravei uns vídeos com os outros caras cantando. Material ótimo para chantagem.

Eu ficava assustada, às vezes, com o quanto Noah e Lee eram parecidos. Mesmo com tantas diferenças.

— Bem... os outros rapazes... — Meus dedos começaram a tamborilar no volante. Engoli em seco. — Eles vão fazer alguma coisa nessas férias do começo da primavera?

— Um monte de gente viajou para a Flórida. — Eu conseguia praticamente ver ele revirando os olhos enquanto falava aquela frase. E ele se animou um pouco quando acrescentou:

— Incluindo Steve.

Bem, aquela era uma notícia muito bem-vinda. Até poucos dias atrás, o colega de quarto de Noah ainda não tinha decidido como ou onde iria passar os dias de férias. Fiquei aliviada por termos o quarto só para nós.

— Algumas pessoas voltaram para casa, mas muitas ainda estão por aqui. Alguns dos rapazes do time de futebol americano, algumas pessoas da minha turma... — Noah pigarreou. — Ah. E Amanda ficou por aqui também.

Tentei digerir aquela notícia por um momento. Amanda foi um dos motivos pelos quais nós terminamos o namoro durante alguns meses no ano passado. Uma foto de Amanda beijando a bochecha de Noah em uma festa, com os braços ao redor dele, apareceu na internet. Descobri que Noah estava escondendo um segredo de mim, mas que havia contado a ela; e isso bastou para que eu me convencesse de que ele estava me traindo. Terminei o namoro com ele, despedaçando o meu próprio coração no processo.

E então ele a trouxe para a casa da família para passar o feriado de Ação de Graças. Obviamente, nós conseguimos dar um jeito na situação, mas ele escondeu de mim que estava tendo dificuldades em várias matérias da faculdade. Ele e Amanda eram apenas amigos.

Às vezes, eu ainda tinha dificuldade para manter a cabeça fria e não surtar com aquela situação. Eles eram próximos. Amanda era uma pessoa afetuosa. Mas eu me esforçava para lembrar a mim mesma de que Lee e eu éramos próximos também, e que não havia nada de romântico entre nós. Precisava confiar em Noah quando ele disse que sua amizade com Amanda era similar. Ele me deu espaço para deixar que eu absorvesse aquela notícia, e eu fiquei grata por isso.

Cheguei a ver Amanda umas duas vezes enquanto conversava com Noah pelo FaceTime. Eu a seguia no Instagram, e ela me seguia também. E ela era tão agradável que era impossível odiá-la, mesmo se eu quisesse. Admito que quis, algumas vezes. Tive inveja de Amanda por ela poder passar tanto tempo em companhia de Noah, e pelo fato de ela ter uma ligação com ele que eu nunca teria. Por outro lado, imaginei que era assim que Rachel se sentia em relação a Lee e a mim. Engoli o orgulho e o ciúme dizendo:

— Que ótimo! Vamos ter que sair todos juntos para jantar. Vai ser ótimo vê-la de novo.

Noah não conseguiu esconder muito bem o alívio que sentiu com a minha reação. Seu suspiro sibilou pelo telefone e ele disse em voz baixa:

— Obrigado, Elle. Amanda está empolgada para vê-la de novo, você sabe.

— Ela não quis voltar para a casa da família para passar as férias?

Amanda era britânica e seus pais moravam em algum lugar na Inglaterra, e foi por isso que Noah a convidou para a casa da família Flynn para celebrar o feriado de Ação de Graças. Embora, naquela época, eu não soubesse disso e acreditava que eles estavam tendo um relacionamento.

— Ela se inscreveu em um programa de voluntariado que vai lhe ocupar as férias inteiras. Você sabe, para melhorar o currículo quando começar a procurar estágios. Além disso, a família dela está fazendo um tour pela Europa. Amanda disse que não tinha vontade de passar duas semanas inteiras enfurnada em um navio com eles. — Ele riu de alguma piada interna que eu claramente não entendi.

— HA-HA-HA. Certo. Bem, se houver outra noite com boliche e karaokê, nós podíamos ir. Aposto que Amanda e eu podemos arrastar você para o palco.

— Vá sonhando. — Riu ele. — Caramba, estou louco para ver você. Será que vocês não podem ir até o aeroporto mais próximo e pegar um avião?

— São só mais uns dois dias. Estamos fazendo um progresso incrível, sabia? Já estamos no Novo México. Além disso, quer mesmo que eu desista dessa oportunidade única na minha vida, de atravessar o país de carro com o meu melhor amigo, só para poder passar mais tempo beijando você?

— Com toda certeza. — Ele nem hesitou.

— Ah, cale a boca. — Eu ri.

— Estou falando sério. Sabe de uma coisa? Quando você chegar aqui, esqueça essa ideia de conhecer Boston. O Uber Eats existe. Não precisamos nem sair do quarto. Vamos passar o tempo todo juntinhos.

Eu senti que estava corando, e dei uma olhada rápida em Lee. A cabeça dele estava inclinada para trás, e ele estava babando, com a boca aberta.

— Acho que é melhor desligar — disse Noah, bocejando e balbuciando as palavras. — Não quero distrair você.

— Ah, faça-me o favor. — Eu revirei os olhos, sorrindo. — Admita que você está com sono.

— Eu podia ficar acordado a noite inteira conversando com você, neném.

— Ah, é mesmo? Vou pagar para ver.

— Boa noite, Elle — disse ele. — Amo você. Chegue logo, está bem? E tome cuidado na estrada.

— Amo você também. E agora vá dormir, seu pateta grandalhão.

Noah desligou o celular e o aparelho de som voltou a reproduzir o meu podcast. E a dor no peito que sempre aparecia quando sentia saudades dele apareceu, mesmo que conversássemos todos os dias. Saber que eu estava a apenas dois dias (e alguns milhares de quilômetros) de distância dele deixava a dor pior do que jamais esteve. Passar tanto tempo longe era difícil. E, depois das férias da primavera, não fazia ideia de quando voltaríamos a nos ver.

Endireitei os ombros e ajustei as mãos no volante. Não, não era bom ficar pensando assim. Eu não queria desperdiçar nenhum dos próximos dias me lamentando pelo quanto sentiria a falta dele depois que voltasse.

Agora, eu estava em uma viagem única na minha vida, junto do meu melhor amigo. Não ia deixar que hipóteses sobre Noah me deprimissem. Estava determinada a fazer com que estas férias fossem as melhores de todos os tempos.

4

PASSAMOS PELAS CIDADES ÀS MARGENS DA RODOVIA I-44 EM Oklahoma, vendo a paisagem ficar mais verde, mais vívida e mais cheia de folhas. Quando chegamos ao Missouri, Lee já estava de saco cheio de passar o tempo todo no carro.

Até o momento, tínhamos feito somente uma parada que não envolvia colocar gasolina ou comer, em Miami, Oklahoma. Quando entramos na cidade, Lee me disse:

— Vamos lá, Shelly, temos que fazer alguma coisa nessa viagem que não seja apenas dirigir até Boston! Este é o sonho! É o melhor momento das nossas vidas! Ah, e agora também podemos dizer a todo mundo que fomos a Miami passar as férias.

— Você sabe que temos que mostrar isso para as pessoas, não é?

Ele olhou nos meus olhos e sorriu. Paramos rapidamente em um restaurante para vestir nossas roupas de banho e pedimos para alguém tirar nossa foto enquanto pulávamos diante de uma placa onde se lia MIAMI. Lee conseguiu até mesmo encontrar uma boia inflável em forma de flamingo em uma loja de conveniência, e que agora estava colocada no banco de trás do carro, pois era grande demais para caber no porta-malas. Atraímos vários olhares estranhos dos moradores, mas a foto também conseguiu várias curtidas no Instagram, todas de nossos amigos que invejavam o quanto estávamos nos divertindo em nossa viagem.

Aquela breve parada aconteceu havia duas horas, e só serviu para deixar Lee ainda mais determinado a sair da estrada por algum tempo e fazer alguma coisa.

Lee arrancou o celular do suporte no painel e o jogou no meu colo para que não tivesse mais que seguir o Google Maps. Inclinou-se sobre o volante com uma determinação sombria, as sobrancelhas franzidas e os lábios pressionados um contra o outro, formando uma linha fina.

— O que significa isso, Lee?

Ele não respondeu.

— Quer um salgadinho?

Ainda nada.

— Aqui, pegue uns...

— Não preciso de nenhum salgadinho, Elle — retrucou ele. — Preciso sair deste carro. Estamos no Missouri! Deve haver coisas para ver e fazer por aqui! Ande logo, pesquise alguma coisa.

Ele se virou de frente para mim, com os olhos arregalados e um sorriso trêmulo.

— Será que você não andou comendo açúcar demais, Lee? — perguntei, mas obedientemente olhei o mapa para ver o que havia por perto. — Olhos na estrada, mocinho.

— Desculpe. — Ele suspirou, murchando no assento. — É que... parece que tudo o que fazemos é dirigir, sabe? E não estamos nem na metade do caminho ainda.

— Estamos basicamente na metade do caminho. Com uma ou duas horas de margem de erro.

Mas entendi o que ele queria dizer. Nossa playlist cuidadosamente montada e alguns podcasts ajudaram a nos entreter, mas estávamos somente... dirigindo. Havia um limite para quantos artigos do BuzzFeed e tweets podíamos ler em voz alta. E, enquanto um de nós dirigia, o outro geralmente dormia.

Descobrimos que colocar o pé na estrada não era algo tão glamouroso assim.

Nossa pequena sessão de fotos improvisada em Oklahoma me deu um gosto pela espontaneidade e por aventuras também. Não havia ninguém por perto para nos dizer o que fazer. Noah podia esperar mais algumas horas. O que eram algumas horas, sendo que já fazia meses desde a última vez que nos vimos?

Além disso, naquele momento, essas poucas horas pareciam ser a coisa mais empolgante e importante que Lee e eu poderíamos aproveitar para curtir.

— Certo, entendido! — exclamei após alguns minutos de pesquisa no celular. — Estamos chegando perto da Floresta Nacional Mark Twain...

Lee soltou um gemido entediado. Ele gostava de praias. Florestas? Nem tanto.

— Ei, foi você que disse que estava cansado de olhar para a estrada, cara. Vamos ver algumas árvores e almoçar por lá. — Reprogramei o destino no Google Maps e encaixei o celular dele de volta no suporte. — Vai ser legal. Vamos fazer um piquenique. Mandar umas fotos para a sua mãe. Talvez a gente até consiga ver algum cervo.

— Como se fôssemos realmente ver um cervo. — Ele estava pensando no caso. — Aposto dez dólares que vamos ver um urso.

— Existem ursos no Missouri?

— Dez dólares.

Dei de ombros e aceitei a aposta, pensando que seria muito melhor se o meu almoço fosse interrompido pelo Bambi do que por um urso. Mandei uma mensagem no grupo de WhatsApp da família (cujos membros eram Lee, Noah, nossos pais e eu) para informá-los sobre a nossa mudança de planos. Meu pai e June estavam bem preocupados com o fato de que estávamos atravessando o país de carro, e gostavam de receber notícias regularmente.

Lee aumentou o volume do rádio, cantando com vontade conforme balançava a cabeça e tamborilava os dedos no volante junto com a música. Ter um novo destino em mente que não fosse somente o próximo posto de gasolina parecia tê-lo deixado animado.

E, sendo sincera, eu até que estava ansiosa para a próxima parada. Uma nova parada fora de rota não faria mal a ninguém, não é mesmo? Tínhamos bastante tempo.

...

FICAMOS SENTADOS NO ALTO DE UMA PEDRA PERTO DO INÍCIO de uma trilha na Floresta Nacional Mark Twain, escondidos do resto do mundo em um lugar bonito, perto de um riacho cercado por árvores. Pegamos os sanduíches que compramos em um lugar chamado Bixby's, que tinha boas recomendações no Tripadvisor e em um canal do YouTube que encontrei. Compramos uma torta também. Primeiro porque não consegui resistir àquele aroma delicioso, mas também porque Lee argumentou que havíamos comido tortas em todos os estados até aqui, e agora tínhamos que descobrir qual estado tinha a melhor torta.

Ele vinha atualizando seu Instagram com análises minuciosas sobre a torta de cada estado. Eu estava ansiosa para saber o que ele teria a dizer sobre a torta do Missouri, e se seria capaz de superar a combinação estranha, mas maravilhosa, de hortelã com cereja que comemos no Novo México.

— Viu só, isso é que é vida. — Suspirou Lee, arrancando outro pedaço do sanduíche com uma mordida, e usando-o para indicar a paisagem diante de nós. A luz do sol passava pelas árvores, criando uma luz esverdeada. — Você não acha que isso é que é vida, Shelly?

— Se você me perguntar isso mais uma vez, vou jogar o seu sanduíche no riacho.

— Ei, você não viu as placas? Jogue o lixo no lixo.

— Vou guardar a embalagem. E jogar só o sanduíche. Algum guaxinim vai encontrá-lo e comê-lo.

— Um guaxinim jamais degustaria esse bacon do mesmo jeito que eu — respondeu ele, em um tom sério.

40

Lee olhou nos meus olhos enquanto deu outra mordida lenta e deliberada no seu sanduíche; em seguida, revirou os olhos e suspirou. Eu ri com tanta força que engasguei com a minha própria comida, e tive que engolir meia garrafa de água para parar de tossir.

Tínhamos andado por uma hora até conseguirmos encontrar o lugar onde estávamos sentados agora. Não era nossa intenção ir tão longe, e ficamos surpresos com o quanto realmente precisávamos sair do carro e esticar as pernas por algum tempo.

De vez em quando, ouvíamos alguém passar pela trilha. Mas, de maneira geral, os únicos sons que ouvíamos eram de pássaros, folhas farfalhando e o gorgolejar do riacho.

Estávamos apenas nós dois ali. Era um lugar... glorioso. Até mesmo Lee parecia estar hipnotizado.

Nossa parada rápida não demorou a se transformar em uma tarde inteira de folga quando terminamos de comer nossos sanduíches, comemos metade da torta e bebemos uma garrafa de chá gelado. Levaríamos mais uma hora para voltar até o carro, mas não havíamos nos movido. Isso era exatamente o tipo de aventura que tínhamos em mente quando começamos a planejar a viagem. Eu sabia. Lee e eu nos espreguiçamos em cima da pedra. Estávamos deitados, cada um com a cabeça ao lado dos joelhos do outro.

Meu celular tocou. Olhei para a tela e vi que era uma mensagem de Noah; ele dizia que esperava que estivéssemos tendo uma tarde agradável. A sensação de culpa ferveu no fundo do meu estômago.

— Acho que é melhor voltarmos para a estrada — disse Lee. E nem precisou perguntar quem havia me mandado a mensagem. Já fazia uns cinco, vinte ou quarenta minutos desde a última vez que ele disse a mesma coisa; era difícil ter noção do tempo enquanto estávamos naquele torpor induzido pela comida, curtindo o sol da tarde e escutando os barulhos da vida selvagem.

— Quer dirigir à noite ou prefere que eu pegue o volante?

Lee resmungou alguma coisa incoerente, mas eu soube exatamente do que ele estava falando. Não devíamos ter parado. Estava ficando cada vez mais impossível pensar em voltar para o carro. Nenhum de nós se empolgava com a ideia de passar mais oito ou nove horas ao volante. Não quando estávamos deitados em uma floresta tão maravilhosa.

Lee virou-se de lado, quase acertando a minha cara com o joelho. Eu me apoiei nos cotovelos e ergui as sobrancelhas, olhando para ele e sabendo que havia uma proposta incrível a caminho.

— Certo. Ouça a minha ideia com atenção — disse ele.

— E se passarmos a noite por aqui?

Meu nariz se retorceu antes que eu pudesse evitar.

— Como assim? Você quer acampar? Mas você detesta florestas. E agora quer acampar ao ar livre? Nós nem trouxemos uma barraca.

— Não, estou falando... aqui, em Missouri. St. Louis não fica tão longe. Deve haver alguma coisa acontecendo por lá. Nós vamos só estender um pouco esse desvio da rota. E depois, juro, não faremos mais paradas como esta. Vamos lá! Quantas vezes na sua vida você vai passar pelo Missouri?

Eu ri. Ele disse aquilo com toda a pompa de Paris ou Veneza, ou de algum outro lugar romântico e encantador. Mas, por outro lado, imagino que não foi à toa que usaram St. Louis como o cenário de *Agora Seremos Felizes*.

A boca de Lee se curvou para baixo, e seus olhos se arregalaram. Era a típica cara de cachorro sem dono.

Ah, mas que droga. Quem eu queria enganar? Aquela cara sempre funcionava comigo. Já tínhamos perdido metade de um dia. Que diferença faria perder mais algumas horas? Lee tinha razão. Quantas vezes em nossa vida nós estaríamos no Missouri?

Entre nós dois, usando o Google e o Facebook, descobrimos um show ao vivo que aconteceria naquela noite em um parque em St. Louis. Bandas e músicos locais iriam se apresentar. E haveria fogos de artifício.

Sorri para Lee e a culpa pelo atraso para irmos ver Noah já tinha desaparecido totalmente. A animação da noite que tínhamos pela frente me consumia.

— Isso vai ser épico.

Lee desceu de cima da pedra com um salto.

— Vamos lá. Vai levar três horas para chegarmos até a cidade, e isso se não pegarmos trânsito. Você pode comprar os ingressos no caminho.

Recolhemos nossas coisas depressa e foi somente quando já estávamos saindo que eu soltei um gemido exasperado, segurando no braço de Lee e puxando-o de volta.

— Olhe! Olhe ali! Eu te disse!

— Nossa — ele sussurrou.

Bem ali, a menos de cinquenta metros depois do rio, havia um cervo.

Ele fugiu quando eu tirei uma foto. O flash estava ligado, algo que só percebi quando já era tarde demais.

— Você é uma idiota. — Lee colocou o braço ao redor dos meus ombros e me levou de volta pela trilha enquanto eu ralhava comigo mesma. — Mande a foto para a minha mãe, está bem?

— Claro. Ah, e você me deve dez dólares.

— Ah, deixe disso. Ainda não saímos do parque, então, podemos ver um urso.

Eu revirei os olhos e acertei uma cotovelada na barriga de Lee. Ele esticou a mão para bagunçar os meus cabelos e eu me esquivei, rindo.

...

PASSEI A MAIOR PARTE DO CAMINHO ATÉ ST. LOUIS DORMINDO. O show iria somente até às dez da noite, quando os fogos de artifício começariam. Pegamos um cobertor no carro e encontramos um lugar no meio da multidão.

Lee começou a conversar com um grupo de rapazes que estava por perto, eles pareciam ser universitários e nos deram algumas bebidas, enquanto isso, fui comprar cachorros-quentes em uma barraca. Dividimos alguns dos petiscos que compramos para a estrada com os rapazes e eles recomendaram um hotel nas proximidades onde poderíamos passar a noite.

— Vocês são um casal lindo — disse um deles.

— Não somos... — comecei. Estava acostumada com o fato de que estranhos achavam que fôssemos um casal, mas Lee me cortou.

— Ah, sim, ela é um doce mesmo. Nunca conheci ninguém que peidasse com tanta força enquanto dorme na minha vida.

Os rapazes não sabiam ao certo se deviam rir ou desviar o olhar. Coloquei o braço em volta dos ombros de Lee e me aproximei dele para dizer:

— E vocês deveriam ver o tempo que ele passa cuidando da pele todos os dias. Ninguém tem tantos cremes para o rosto quanto este menino.

Um deles percebeu o que estava acontecendo e quebrou o silêncio atordoante e meio constrangedor com uma gargalhada quando percebeu o engano.

O grupo saiu um pouco depois para ir se encontrar com outros amigos que haviam chegado, deixando Lee e a mim para trás. Assistimos às bandas e comemos algodão-doce enquanto esperávamos pelos fogos de artifício. Lee suspirou e apoiou a cabeça em meu ombro.

— É assim que se deve celebrar as férias da primavera, Shelly. Nós, a estrada e...

— Shows aleatórios em St. Louis?

— Isso mesmo. — Ele suspirou e havia um ar reflexivo naquilo tudo. — Estou feliz por estarmos fazendo esta viagem, Elle. No ano que vem...

Ele não conseguiu terminar a frase, mas nem precisou, estava ocupado demais, sonhando acordado. No ano que vem... quem sabe o que iria acontecer? Ainda não sabíamos quais seriam as faculdades que nos aceitariam, talvez não estudássemos no mesmo lugar. Eu esperava que fosse, mas... Talvez, no próximo ano, Lee quisesse passar as férias da primavera na Flórida. Talvez eu quisesse voltar para casa e ver meu pai e meu irmão. Talvez eu passasse as férias viajando para algum lugar com Noah, e seria Lee quem iria querer voltar para casa.

Nenhum de nós sabia o que aconteceria no ano seguinte. Mas sabíamos o que tínhamos neste exato momento.

Ficamos de mãos dadas quando os fogos de artifício começaram a estourar. Tirei algumas fotos para mandar para Rachel e Noah mais tarde. Eu não fazia ideia se teria outra oportunidade de passar algum tempo junto de Lee depois do verão. Por enquanto, tudo estava lindo.

5

ATRAVESSAMOS ILLINOIS PRATICAMENTE SEM FAZER NENHUMA parada pelo caminho, já que quase não havia nenhuma colina ou montanha à vista. Passamos pelos milharais de Indiana, mas contornamos o azul-turquesa do Lago Erie em Ohio, pois decidimos que não poderíamos passar pelo estado sem vê-lo para compensar todo o tempo extra que passamos no Missouri.

Cada estado parecia ser ainda mais verde que o anterior. Era um mundo bem diferente do que estávamos acostumados na Califórnia.

Dirigimos quase sem parar... Estacionamos um pouco para curtir o Lago Erie, observando o nascer do sol e tomando o café da manhã antes de eu pegar o volante para o próximo turno na estrada.

Percebi pelas mensagens de Noah que ele ficou um pouco chateado com o nosso desvio no Missouri. Eu o confrontei em relação àquilo pelo telefone em um posto de gasolina enquanto Lee usava o banheiro e comprava mais bebidas, e Noah cedeu.

— Desculpe. Sei que vocês estão se divertindo, e fico feliz por isso. A foto do cervo ficou bonita. Amanda adorou vê-la. Eu só... estou com saudade, Elle.

A minha irritação começou a desaparecer quando percebi o quanto sua voz estava baixa e triste.

— Também estou sentindo saudade. Mas, bem, você sabe... quantas vezes em nossas vidas nós iremos até o Missouri?

— Você pegou algum souvenir para mim, pelo menos? — perguntou ele, e eu soube naquele momento que estava perdoada.

De fato, nós estávamos comprando vários *souvenirs*. Compramos ímãs de geladeira em cada estado que passamos; dois em cada um deles, para que Lee e eu tivéssemos um de cada, é claro. E tirávamos fotos toda vez que passávamos pela divisa de um estado novo, ou tão perto dela quanto fosse possível.

50

Depois que desliguei, fui até o posto de gasolina e comprei a coisa mais cafona que consegui encontrar: um ioiô com os dizeres "Ohio-iô".

Voltamos para o carro e verifiquei a rota no mapa. O trajeto mais rápido até Boston seria continuarmos acompanhando o contorno do lago e passarmos por Buffalo, mas estávamos tentando atravessar o máximo de estados que pudéssemos, sem exageros, e queríamos muito conhecer Nova York, como imaginamos desde o começo. Ainda planejávamos assistir a uma peça na Broadway. Assim, em vez de continuar rumando para o norte, acrescentamos umas duas horas à nossa viagem seguindo para o sul, na direção da Filadélfia. Assim, conseguiríamos passar por Connecticut e Nova Jersey a caminho de Boston, também, acrescentando outros dois ímãs na coleção. Eu afastei um pouco o zoom do mapa por acidente e alguma coisa atraiu a minha atenção.

— Ei! Não estamos muito longe de Detroit.

— E o que você quer ver em Detroit? — Lee ergueu uma sobrancelha.

Eu balancei a cabeça, tirando um print da tela e depois entrando no WhatsApp.

— Nada, eu acho. Mas Levi morava lá.

Levi, nosso amigo, entrou na escola no começo do nosso último ano, depois que sua família se mudou de Detroit, e não teve dificuldades para se enturmar com o nosso grupo. Enquanto Lee se concentrava no time de futebol americano e em Rachel, e Noah estava do outro lado do país, acabei ficando bem próxima de Levi. Acho que próxima até demais, porque eu era a *crush* dele, e o beijei no Dia de Ação de Graças. Mas tudo aquilo eram águas passadas e ele agora era um dos meus melhores amigos. Bem, Levi não era Lee, mas ninguém jamais seria.

Inclusive, até que não seria ruim se Levi viesse viajar conosco, mas não cheguei nem mesmo a considerar a possibilidade de sugerir isso. Esta viagem era algo reservado apenas para mim e para Lee, e Boston estava reservada para mim e para Noah. Acrescentar Levi nessa equação seria... problemático.

Mandei uma mensagem para Levi depois do print:

Ei, olhe só onde estamos! Vamos passar na rua onde você morava para encontrar seus velhos amigos e descobrir histórias constrangedoras sobre você!

Lee não disse nada, simplesmente fez que sim com a cabeça. Eu disse a ele que não havia nada entre mim e Levi e que não estava interessada nele. Mesmo assim, poderia dizer o que quisesse; Lee não se convenceria.

Ele mordeu a parte interna da bochecha em um julgamento silencioso, o que me fez lembrar que eu realmente não tinha o direito de ficar brava por causa da amizade entre Noah e Amanda. Pelo menos eles não tinham se beijado.

— Nem comece — falei.

— Eu não disse nada.

— Ah, poupe-me. — Revirei os olhos. — Como se você precisasse.

Lee deu de ombros, erguendo as mãos espalmadas em um sinal de rendição e meu celular apitou com uma resposta:

Por favor. O Lago Michigan é beeeeeem mais interessante, se vocês estiverem indo para aquele lado.

E depois:

Para você saber, conversei com Brad agora há pouco. Ele está com saudade de Lee. Bastante, inclusive. Vou ensiná-lo a jogar lacrosse hoje à tarde. Vocês estão me devendo essa, e eu vou cobrar.

Mostrei a mensagem a Lee e ele riu.

— Ele é um exagerado.

— Levi é legal. Brad gosta muito dele.

— Maaas não tanto quanto gosta de mim.

— Hmmm, mas você o abandonou para passar as férias da primavera atravessando o país com sua melhor amiga. Não sei. Da última vez que você trocou alguém da família Evans por uma garota, essa pessoa ficou bem próxima de Levi...

Lee me deu um empurrão.

— Pegue o volante, Evans, nós ainda temos um longo caminho pela frente. E eu não a troquei por Rachel.

— Trocou, sim.

— Está bem... talvez tenha trocado um pouco. Mas, mesmo assim, eu amo você.

— Sei, sei. Você comprou a Coca-Cola Diet que eu pedi?

Lee parou para pensar por um instante.

— Droga. — E assim que engatei a primeira marcha do carro, ele desafivelou o cinto de segurança e saltou por cima da porta para correr até a loja de conveniência outra vez.

...

LEE PEGOU O VOLANTE DE NOVO POUCO ANTES DE ENTRARMOS em Nova Jersey. Eu peguei no sono em algum lugar nas redondezas de Newark e, quando acordei, estava completamente desorientada. Era o fim da tarde e os contornos dos prédios de Manhattan na linha do horizonte não estavam tão perto quanto deveriam. Mesmo assim, era uma imagem de tirar o fôlego.

As nuvens cinzentas e felpudas da primavera se juntavam no céu sobre a cidade, fazendo com que eu me lembrasse daqueles enfeites em forma de globo com uma paisagem nevada em seu interior.

— O quê... — Esfreguei as mãos no rosto; em seguida, endireitei o corpo e passei os dedos pelos cabelos para conseguir acordar. O relógio no painel dizia que eu estava dormindo há quase duas horas... durante o que devia ser um percurso de trinta minutos. — O que está acontecendo? — perguntei.

— Bem-vinda a Nova York — disse Lee, com uma voz meio rabugenta, agitando o braço de um lado para outro. — A cidade que nunca dorme. E que nunca para de dirigir, aparentemente. Já tem uns quarenta minutos que estamos no mesmo lugar. E sabe como sei disso? Escutei um podcast inteiro e não chegamos mais perto da cidade. Liguei para a minha mãe. Ela disse que houve um acidente muito feio e que há obras nos acessos também. Isso é pior do que a hora do rush.

— Ah, que droga.

Colados no para-choque do carro da frente e cercado por buzinas raivosas, aquela não era a cena de filme que imaginamos para as nossas férias. Não consegui evitar rir da expressão de irritação na cara de Lee, entretanto.

— Você deveria ter me acordado — falei. — Podíamos ter brincado de "estou vendo".

— Estou vendo... uma coisa que começa com a letra A.

— Hmmm... será... um aranha-céu?

— Acertou. — A risada dele rapidamente se transformou em um suspiro, e ele balançou a cabeça. — Liguei para Noah também. Ele disse que devíamos dar meia-volta e evitar Manhattan completamente.

— Bem, acho que... talvez...

Lee me cortou com um olhar.

— Não fiquei preso nesse trânsito horrível para não entrar na cidade, Elle. Além disso, minha mãe já está procurando os ingressos para as peças desta noite na Broadway. Ela vai ligar quando encontrar um preço bom para alguma coisa que combine com a gente.

— Eu podia ter feito isso.

— Não quis acordar você — disse ele.

Eu sorri. Lee, às vezes, conseguia me deixar louca, mas ele era um amor. E não seria o meu melhor amigo, se não me deixasse louca às vezes. Em seguida, ele acrescentou:

— Especialmente quando você estava babando desse jeito. Tirei uma foto ótima para mandar para Noah. Boca aberta, narinas dilatadas, papada encolhida a ponto de parecer um queixo triplo... — Ele imitou a pose, o que era ao mesmo tempo algo hilário e totalmente constrangedor.

Só para garantir, passei a mão ao redor da boca e do queixo e, em seguida, dei um tapa no braço de Lee. Ele não seria o meu melhor amigo se não me fizesse sentir vergonha de vez em quando, não é?

Antes que pudesse devolver a piada, ele já estava se concentrando em trocar de faixa e o sorriso que tinha no rosto se desfez. Até o momento, nós estávamos adorando a viagem, mas agora Lee parecia estar mais estressado do que eu o vi estar em muito tempo. Gentilmente, eu disse:

— Ei, nós podemos passar por aqui quando voltarmos para casa, não é?

Lee balançou a cabeça negativamente e segurou no volante com força. Os nós dos seus dedos ficaram brancos com o esforço.

— Não. Não, nós vamos entrar na cidade e vamos fazer isso agora. Não estamos tão longe. E também... — Ele parou de falar com um suspiro repentino, relaxando os ombros. — Desculpe. É que... foi isso que planejamos, não foi? Esta viagem deveria ser perfeita.

Eu segurei e apertei a mão dele que estava mais perto de mim.

— Eu sei. Vou procurar algum estacionamento perto da Broadway, está bem? Podemos incluí-lo no mapa em seguida.

— Obrigado, Shelly.

Acho que nós dois sabíamos, com certeza, que aquilo não tinha importância. Poderíamos ignorar nossa parada em Nova York e visitar a cidade quando voltássemos, ou podíamos planejar outra viagem no verão. Se a viagem não acontecesse exatamente como esperávamos, isso não seria o fim do mundo... Certo?

Errado, seria.

Olhando para a cara de Lee, percebi que... sim, seria o fim do mundo. Estas eram as nossas férias épicas da primavera, e adoramos a ideia de passar em Nova York a caminho de Boston. Se não o fizéssemos, tudo estaria arruinado e nós sairíamos de Nova York com um gosto amargo na boca. Não conseguiríamos nem mesmo cantar junto com a nossa playlist. Claro, a espontaneidade era uma coisa excelente. Quando as coisas que somos incapazes de controlar atravessam nosso caminho, bem... é preciso simplesmente encarar os fatos e seguir em frente... Mas, desta vez, não será assim, pensei, sentindo a determinação ganhar força dentro de mim. Iríamos simplesmente desistir e admitir a derrota; daríamos as costas a essa aventura e a todas as ideias que tivemos.

Nenhum de nós estava disposto a fazer isso. Iríamos fazer com que esta viagem fosse tudo que imaginamos que seria, e nada poderia nos impedir.

Assim, continuamos presos no trânsito, avançando a passo de tartaruga rumo à cidade. Quando a mãe de Lee nos ligou para dizer que tinha comprado, pela internet, os últimos dois ingressos para vermos *Hamilton* por um preço incrível, coloquei a trilha sonora do espetáculo para tocar e abri os petiscos de emergência para animar Lee.

Não demorou muito para o humor dele melhorar e ele começar a falar sobre passar seu tempo com Rachel e sua família na Brown e dizendo:

— Eu poderia vir para Nova York de avião. Encontrar com ela aqui. Poderíamos ver tudo. Todas as peças. Ela já te falou que sonha em se mudar para Nova York algum dia? Bem, ela diz que isso é um sonho distante, mas acho que ela conseguiria, você não acha?

Eu tive que sorrir, ouvindo o jeito que Lee falava sobre a namorada. Estava perdidamente apaixonado por ela.

— Por falar em ver tudo, acho que não vamos conseguir ver a Estátua da Liberdade — disse a ele.

Tentei não dar a impressão de estar muito decepcionada. Eu queria muito poder ir até lá. Por outro lado, não estava em nossos planos chegar tão tarde em Nova York. Todo aquele tempo que passamos no Missouri acabou bagunçando os nossos planos.

— Shelly, se você consegue me aguentar quando canto *Wicked*, mesmo sem conseguir alcançar as notas mais altas, eu vou conseguir levar você até a Estátua da Liberdade. Pode acreditar.

Uma hora antes de termos que estar na apresentação de *Hamilton*, Lee estava trafegando pelas ruas infernais de Nova York, xingando o tempo todo e encolhendo-se toda vez que um táxi o ultrapassava por estar dirigindo com excesso de cautela. Encontramos um lugar para estacionar e observar o sol se pôr sobre o Rio Hudson e admirar a Estátua da Liberdade.

Depois de uma tarde que podia muito bem ter saído de um pesadelo, o final do dia se transformou em um sonho incrível.

6

SENTI QUE ESTAVA FICANDO ENJOADA ENQUANTO PASSÁVAMOS pelas cidades e florestas de Massachusetts. Conseguimos passar por Connecticut sem demorar e chegamos nas redondezas de Boston, seguindo as indicações que levavam até a Harvard. Eu mal consegui admirar a beleza do rio quando passamos por ele, ou o fato de estarmos bem ao lado do estádio Fenway Park, ou o quanto os prédios de tijolos à vista são pitorescos aqui.

Verifico minha maquiagem no espelho do quebra-sol pela centésima vez. Insisti para que subíssemos a capota do carro; assim o meu cabelo não ficaria desgrenhado quando chegássemos ao dormitório de Noah. Minha máscara de cílios estava borrada. Será que eu tinha esfregado o olho? Que droga, por que não consigo tirar a mancha? E agora eu já tinha estragado o corretivo...

— Pare com esse pânico — disse Lee, rindo. — Você está ótima, Shelly.

— Parece que passei os últimos quatro dias me limpando com aqueles lenços umedecidos e usando xampu seco.

— Você tomou banho no hotel em Missouri. E aquele posto de gasolina no Texas tinha chuveiros.

— Tenho certeza de que estamos fedidos.

— Como se Noah se importasse com isso. — Lee deu de ombros.

— Eu me importo!

Revirei a minha bolsa. Havia gastado um pacote inteiro de lenços com desodorante na última hora. As ramificações da nossa viagem quase ininterrupta pela estrada estavam realmente começando a me incomodar. Eu sabia que tinha trazido um perfume, devia estar em algum lugar...

Finalmente encontrei o frasco e o borrifei em mim, quase matando Lee de tanto tossir. Ele disse:

— É sério, Shelly. Pare de se preocupar. Você está muito bem.

— "Muito bem"? — repeti. Minha voz saiu estridente. Engoli em seco, tentando baixar uma oitava inteira. — Não posso estar "muito bem", Lee. Já faz meses que não vejo Noah. Eu deveria estar... deveria estar fantástica. Deveria estar sexy e bonita, aquela beleza tranquila e que não requer nenhum esforço e...

— ... E não estar com os dentes manchados de batom?

— Droga! — Baixei o quebra-sol outra vez e arreganhei os dentes antes de me virar e olhar para Lee com cara feia. Ele não conseguiu conter o riso quando lhe dei um tapa no braço. — Isso não teve graça! Não está vendo que estou no meio de uma crise aqui?

— Você está no meio de uma crise? E eu? Pense um pouco no seu pobre melhor amigo, que vai ter que dormir no chão do quarto de um cara estranho para que você e o meu irmão possam ficar na pegação.

— Noah disse que você pode dormir na cama de Steve.

— Eu não vou ficar do outro lado do quarto enquanto vocês estão se beijando e dormindo de conchinha.

Revirei os olhos, mas resolvi não discutir com ele. Será que era realmente ruim da minha parte ter ficado feliz por Lee recusar aquela oferta, de modo que Noah e eu pudéssemos ter um pouco de espaço? A sós? Isso fazia com que eu me sentisse uma péssima melhor amiga, mas estava tão desesperadamente empolgada para ver Noah que simplesmente não conseguia me importar.

Apesar disso, naquele momento, eu me sentia menos desesperadamente empolgada, e mais... simplesmente desesperada. Estava fedida e desgrenhada depois de toda aquela viagem. Meu cabelo estava duro; provavelmente por ter usado muito xampu seco. Eu não tinha comido quase nada além de doces e salgadinhos nesses últimos dias, e por isso me sentia tão nojenta quanto imaginava que a minha aparência deveria estar. E tinha certeza de que, quando visse Noah, ele estaria lindo como sempre.

O nervosismo começou a crescer no meu estômago conforme íamos chegando perto do campus, mas não tanto em relação à minha aparência. E se Noah tivesse mudado? Na primeira vez que voltou para casa depois de se mudar para Harvard, ele tinha começado a deixar a barba crescer, trocou o guarda-roupa para ter peças um pouco mais maduras e largou aquele hábito horrível de fumar. Consequentemente, ele também tinha um cheiro diferente.

O que mais teria mudado desde a última vez que o vi?

Eu sabia que meus temores eram totalmente irracionais. Nós conversávamos muito por chamadas de vídeo. Trocávamos fotos. Eu conhecia bem a aparência dele. Mas...

Não conseguia me livrar da preocupação insistente de que haveria algo nele que não seria familiar; que, desta vez, seria como encontrar um estranho. Talvez, apesar de todas as ligações e mensagens, as coisas entre nós não seriam do jeito que eu me lembrava.

Eu já tinha transformado um lenço de papel em confete quando Lee finalmente estacionou o carro.

Chegamos.

— Ei — murmurou ele, pegando nas minhas mãos. Olhei nos olhos dele e mordi o lábio quando seus olhos azuis e carinhosos me encararam com suavidade e sua boca se ergueu em um sorriso gentil e encorajador. — Relaxe, está bem?

Fiz que sim com a cabeça e, em seguida, fui atrás de Lee quando ele saiu do carro. Noah nos mandou uma mensagem de texto com instruções sobre como chegar ao alojamento, e eu nem percebi que Lee estava digitando alguma coisa no celular enquanto caminhávamos. Provavelmente estava dizendo aos nossos pais que chegamos bem.

Olhei ao redor, mas ainda assim não conseguia prestar atenção em nada. A única coisa em que conseguia me concentrar era no fato de que provavelmente estava com uma aparência horrível, além do meu pavor cada vez maior de que Noah abriria a porta do seu quarto e a química entre nós simplesmente não existiria mais.

Um prédio de tijolos à vista se erguia diante de nós, e eu o reconheci das fotos que Noah me mandou. Respirei fundo e fechei os olhos por um segundo, entrelaçando as mãos ao redor do braço de Lee.

— Ora, ora, ora — disse uma voz. — Cada coisa que aparece na minha porta...

Meus olhos se abriram imediatamente. E ali estava ele.

Noah. O meu namorado. Alto, com ombros largos e cabelos penteados, usando uma camisa de flanela vermelha sobre uma camiseta branca que marcava o seu tronco e a barriga de tanquinho. Também estava usando jeans rasgados e aquelas botas enormes e ridículas que eu tanto amava, pois eram completamente Noah.

Ele sorriu para nós e acenou; havia raspado completamente a barba. Percebi o brilho nos seus olhos azuis e a covinha em sua bochecha.

E, ao ouvir isso, larguei do braço de Lee, soltei as minhas malas no chão, junto com toda a minha dignidade, e corri para junto de Noah.

Ele me pegou e me ergueu no ar quando me joguei sobre ele. Seus lábios tocaram os meus antes que qualquer um de nós pudesse dizer alguma coisa. Fiquei feliz por ter passado a última hora comendo balinhas de hortelã. Os braços de Noah se prenderam com força ao meu redor, e ele colocou meus pés de volta no chão, seus lábios ainda não tinham se afastado dos meus.

— Vocês são uns nojentos! — gritou Lee. — Shelly, eu não vou carregar as suas malas.

Eu sabia que ele iria. Meus dedos se enrolaram no cabelo de Noah e nós nos afastamos para recuperar o fôlego.

— Oi — sussurrei.

— Oi — ele murmurou de volta, e me beijou de novo. Só parou quando Lee, que agora estava ao nosso lado, pigarreou. Ele largou as nossas bolsas para dar um daqueles breves abraços com um braço só que são típicos entre os rapazes com vários tapinhas nas costas.

— Como foi a viagem? — perguntou Noah, pegando a minha mala do chão antes que eu pudesse protestar.

— Qual parte exatamente? — Riu Lee. — Ah, e o que está acontecendo aqui? Por que você não se ofereceu para carregar a minha mala? Sou seu irmão mais novo. Como você se atreve a dar preferência a uma garota e me deixar de lado?

— Deixe que eu levo a sua mala, Lee — disse a ele.

— Achei que você já fosse um astro do futebol americano agora — retrucou Noah, com um sorriso torto. — Fazendo essa pose de machão. Leve suas próprias malas!

— Eu nunca disse que fazia pose de machão.

— Alguém disse.

Lee me encarou com cara feia, fazendo um bico, mas eu ergui as mãos espalmadas.

— Ei, não fui eu.

— Ah, com certeza foi — disse Noah e eu dei um tapa em seu braço.

— Você deveria ficar do meu lado!

— Sempre, Shelly. — Noah piscou para mim, e eu senti meu coração dar cambalhotas em número suficiente para ganhar a medalha de ouro nas olimpíadas.

Lee me chamava de Shelly desde sempre, embora eu odiasse quando outras pessoas me chamavam assim. Mas, quando Noah me chamava de Shelly, sempre havia uma espécie de provocação ali, algo que... fazia o meu estômago se encher de borboletas.

Eu fiquei na ponta dos pés por tempo o bastante para lhe dar um beijo na bochecha e passei a minha mão por entre a dele conforme nós três caminhávamos rumo aos alojamentos. Noah nos disse que a colega de quarto de Amanda foi para casa curtir as férias de primavera no último minuto, então, ela vai dormir no quarto de uma amiga e deixar que Lee fique com seu quarto enquanto ele estiver por aqui. Noah nos levou até lá primeiro, e conforme andávamos, fizemos planos para nos encontrar para o jantar naquela noite. Amanda, obviamente, viria conosco.

...

DE MANEIRA JÁ BEM PREVISÍVEL, AMANDA ME ENVOLVEU EM um abraço enorme quando me viu. Com um gritinho empolgado, ela disse:

— Oi! É ótimo ver você de novo! Como foi a viagem? Noah me mostrou as fotos. Pelo jeito, foi ótima! E como foi a apresentação de *Hamilton*? Lee! Venha aqui!

Ela me soltou para poder abraçar Lee também, enquanto ainda nos fazia perguntas quase sem parar para respirar, e nos dando ainda menos espaço para responder. Amanda estava sendo sufocante, mas da maneira mais amável possível. Ela estava usando uma calça de fazer yoga e um blusão rosa e sandálias igualmente felpudas e rosadas. Seus cabelos loiros estavam presos em um rabo-de-cavalo no alto da cabeça e ela não usava maquiagem. Não precisava. Eu podia ver as sardas dela. Juro por tudo que é mais sagrado que, toda vez que a via, Amanda ficava mais bonita. E eu tinha me esquecido de como o sotaque britânico dela era fabuloso. Amanda fazia com que fosse impossível sentir qualquer coisa negativa por ela.

Amanda pegou as malas de Lee e nos chamou para entrar, escutando com atenção enquanto comentávamos sobre a peça, o pôr do sol e a Estátua da Liberdade, os momentos mais engraçados da viagem e como a nossa parada inesperada no Missouri tinha sido incrível.

Enquanto conversávamos, Noah sentou-se em uma cadeira de escritório. Ele inclinou a cadeira para trás perigosamente e colocou os pés sobre a beirada da escrivaninha. Amanda foi até lá para empurrar os pés dele da mesa e endireitar a cadeira antes que Noah caísse, seus olhos e o sorriso ainda estavam focados em nós enquanto Lee revirava a bolsa. Fiquei feliz por ser Lee quem estava falando, eu teria vacilado. A ação parecia tão familiar, tão normal para eles — como se fosse da sua própria natureza — que isso me abalou. Era exatamente como Lee e eu costumávamos agir.

Olhei o quarto ao meu redor enquanto Lee começava a relatar a epopeia das comparações entre as tortas de cada estado (a da Pensilvânia estava liderando a lista, mas ainda não tínhamos provado a de Massachusetts). O quarto de Amanda no alojamento era exatamente como imaginei. Parecia ter saído de algum catálogo de loja de decoração. Havia uma planta enorme, verde e cheia de folhas em uma estante sobre a escrivaninha e uma samambaia ao lado da cama. Uma colcha cinzenta e grossa de tricô estava drapeada com muito bom gosto sobre o pé da cama, em cima de um edredom branco. Com travesseiros rosa complementando. Até mesmo a capa do seu notebook era cor-de-rosa. Seus livros eram organizados por cor e havia também uma tapeçaria em tons de creme e dourado na parede. O lado da sua colega de quarto tinha mais tons verdes e azuis, mas era igualmente imaculado. Os livros dela eram organizados por ordem alfabética.

Era como se Amanda tivesse procurado "quartos fofos" no Pinterest e tirado um dos quartos diretamente do seu celular. Eu odiava o fato de adorar tanto aquele quarto.

Estava olhando um globo de neve de Edimburgo quando Amanda disse:

— Você já foi?

— Hein?

— Para a Escócia. Ou, bem, para qualquer parte da Grã-Bretanha.

— Não. Eu... bem, nunca viajei para a Europa. Nunca estive na costa leste antes também.

— Nas férias da primavera do ano que vem — Lee começou —, nós vamos para a Europa.

— Se forem, vocês absolutamente precisam ir a Barcelona. É simplesmente divino. Há muita cultura. E as artes... eles têm um museu inteiro com as obras de Dali. Você já viu algum dos trabalhos dele?

Eu dei uma olhada para Lee, que parecia estar tão perdido quanto eu. Noah simplesmente deu de ombros. Eu já tinha visto, no Instagram, que Amanda seguia vários perfis de galerias de arte e ia para museus e lugares do tipo, mas não me lembrava de ouvi-la falar a respeito durante o feriado de Ação de Graças. Embora, devo admitir, que passei a maior parte do jantar pensando que ela tinha roubado o meu namorado e tentei ignorar sua existência.

Amanda notou o silêncio desajeitado no ar e disse rapidamente:

— É uma cidade linda. Tem um pouco de tudo para todo mundo.

— Por falar em um pouco de tudo para todo mundo... — Lee revirou o conteúdo da sua bolsa, tirando uma caixa enorme de chocolates chiques. — Minha mãe me falou para te comprar isso. Para agradecer por me deixar dormir aqui.

Amanda pegou a caixa, agradecendo com toda a sinceridade, dizendo que era muita gentileza e que não devia ter se preocupado.

— Precisamos dar um chutar esses caras um dia desses e organizar uma noite só das meninas — ela me disse com o sorriso. — E devorar tudo isso aqui enquanto assistimos a algum filme ruim.

Por mais estranho que pareça, achei uma ideia ótima. E por mais que fosse desconcertante descobrir que Noah tinha uma amiga próxima (muito próxima, mas ainda assim apenas uma amiga), e por maior que fosse o conflito que eu sentia em relação a Amanda, às vezes, era preciso admitir, ela era uma pessoa muito legal. Não era somente alguém fácil de gostar, mas também o tipo de pessoa que você iria esperar que retribuísse esse afeto também.

Noah se levantou e passou o braço ao redor da minha cintura. Seu toque era elétrico. O resto do mundo pareceu ficar cinza e a única coisa em que eu conseguia pensar era naquele braço ao redor do meu corpo, mesmo através da minha camiseta e da jaqueta.

— Bom, vamos dar o fora daqui — disse Noah. — Lee, cara, você precisa urgentemente de um banho. Vamos nos encontrar lá embaixo às seis para ir jantar?

Nós tínhamos quase chegado ao quarto de Noah quando cedi e o agarrei para outro beijo.

Meu Deus, que saudade eu estava sentindo.

7

ACONCHEGADA AO LADO DE NOAH NAQUELA NOITE, COMECEI a me perguntar se ele tinha razão. Talvez devêssemos mesmo cancelar o que tínhamos programado e ficar bem ali, sem sair do quarto. Claro, o jantar foi legal e eu fiquei empolgada com o passeio por Boston... Mas, naquele momento, deitada com a cabeça no peito de Noah e com seu braço ao redor de mim, os dedos brincando com as pontas dos meus cabelos, eu não tinha vontade de estar em nenhum outro lugar. Aquilo era perfeito.

Ele encostou o nariz na minha testa antes de me beijar na bochecha.

— Senti saudade. Você deveria vir me visitar mais vezes.

— Talvez você é quem devesse ir me visitar mais vezes, já que sente tanta saudade.

— Você é exigente demais, Evans.

— Mas você me deve. Afinal, viajei cinco mil quilômetros só para ver você.

— Ah, faça-me o favor. — Noah riu. — Você se divertiu muito nesses cinco mil quilômetros. Mesmo que tenha chegado um pouco fedida ao fim da viagem.

Soltei um grito indignado e o empurrei.

— Nada a ver! Eu não estava fedida! Praticamente tomei um banho de desodorante no caminho para cá. — Esperava que ele não estivesse me vendo corar. Sabia que deveríamos ter encontrado algum lugar para tomar um banho.

— Estou feliz por você estar aqui comigo — ele me disse, puxando-me para perto e erguendo o meu queixo para me beijar. Eu me encolhi junto dele e abri os lábios conforme o beijo ficou mais intenso. Não queria sair dali nunca mais.

— Então... — falou, quando finalmente nos afastamos. — Você e Lee estão realmente planejando viajar para a Europa no ano que vem?

Eu soltei uma risadinha.

— Que nada. Você sabe como ele é. Dizemos muitas coisas assim. Por quê? Você quer vir nos encontrar no museu de Dali em Barcelona?

Noah riu.

— Ela gosta de artes, ok? E Levi gosta de preparar salgados franceses.

— Ele está se especializando em sobremesas italianas agora — respondi.

Levi e sua irmã mais nova sempre prepararam doces e bolos, mas desde que ele começou a assistir a *The Great British Bake Off*, na Netflix, resolveu se jogar de cabeça nesse mundo, explorando novas receitas, métodos e ingredientes. Eu não cozinhava tão bem assim, mas adorava ficar por perto enquanto ele preparava seus doces e também depois, quando ajudava a testar o sabor em seguida.

— Não, eu estava só pensando... — Noah falou. — Em nós. No ano que vem. Quando você estiver na faculdade também. Vamos ter que coordenar melhor as visitas. Você sabe... planejar as viagens de volta para casa no mesmo fim de semana. Talvez até mesmo nos encontrar no meio do caminho.

— Eu nem sei onde vou estudar ainda — murmurei, mexendo na ponta do lençol.

— Claro, mas quando você receber uma oferta...

— Se — eu o corrigi.

Todo o processo seletivo das faculdades já tinha me estressado até o limite. Eu estava empolgada para ir à faculdade, mas a ideia de terminar o ensino médio e me afastar dos irmãos Flynn me enchia de apreensão. Chegou até mesmo a azedar um pouco toda a perspectiva da faculdade. Pensando bem, mais do que somente um pouco.

— Quando. Quando você receber uma oferta e escolher uma faculdade, teremos que pensar nisso. Acho que não consigo passar tanto tempo sem ver você de novo. Estou ficando louco.

Eu ri. Adorava quando ele dizia coisas como aquela. Às vezes, me preocupava com a possibilidade de ser carente demais, mas, naquele momento, ele dizia exatamente o que eu estava sentindo, fazendo com que parasse de me preocupar. O que havia para eu me preocupar?

Enlacei a perna de Noah com a minha e o beijei novamente. Nós dois éramos um par perfeito.

...

NA NOITE SEGUINTE, FOMOS A UMA APRESENTAÇÃO DE COMÉDIA em uma cafeteria que tinha o microfone aberto a quem quisesse participar. O ambiente era completo, com luzes baixas, música ligeiramente mais alta do que deveria estar e garrafas de cerveja espalhadas pelas mesas em meio a xícaras de café e pratinhos de bolo.

— Que tipo de cafeteria é essa que vende cerveja? — perguntei.

— Não sei, mas não pediram a minha identidade — disse Lee, colocando uma cerveja diante de mim, seguida por outra para si mesmo, uma para Noah e uma taça de vinho branco para Amanda. — Imaginei que você não fosse do tipo que curte uma cerveja.

— Só quando jogamos *beer pong* — disse Amanda, pegando seu vinho e apontando para Noah com a taça. — Este mocinho aqui e eu somos imbatíveis.

— Você vai ter que ensinar uma coisa ou duas para Elle. — Lee riu.

— Eu? Ah, faça-me o favor. Você joga mal pra caramba.

— Só quando estou bêbado.

— Mas não é esse o objetivo do jogo? — perguntou Amanda, rindo. — Vocês vão adorar esta noite, eu garanto.

— O que exatamente vai acontecer aqui?

Amanda me explicou novamente o que estava programado. As pessoas se inscreviam para exibir seus talentos em comédia stand-up em trechos de quinze minutos. Um mestre de cerimônias (que, conforme Amanda e Noah garantiram, era um comediante semiprofissional e totalmente hilário) comandava o show, então, havia a promessa de pelo menos algumas risadas.

— Mas a melhor parte é a zoeira — ela me disse com um sorriso malandro. — Todo mundo que sobe ao palco acaba sendo zoado. Eles sabem que isso faz parte do acordo quando se inscreve. E as pessoas pegam pesado. Às vezes, quem zoa é mais engraçado que os comediantes.

— Isso não é meio agressivo? Será que eles não acham a situação humilhante?

— Não. — Amanda fez um gesto. — Todos esperam que isso aconteça. Aqui, se você não for zoado, é porque não está fazendo as coisas do jeito certo.

— Mas tomem cuidado para não zoar o mestre de cerimônias — Noah nos disse.

— Ele fala por experiência própria — disse Amanda, debruçando-se por cima da mesa e sorrindo para nós. — Ele cometeu esse erro na primeira vez que veio aqui.

— Vamos evitar esse tipo de coisa, não é? — Noah a encarou com um olhar de lado, com a boca se estendendo em um sorriso torto.

Senti uma pontada familiar de ciúme enquanto eles trocavam um sorriso de cumplicidade por conta de uma história que eu não conhecia. Tomei um gole da minha cerveja, esperando ser capaz de também engolir o ciúme. Não gostei nem um pouco, especialmente porque sabia que estava agindo como uma boba. Eu estava quase começando a entender o que Rachel sentia quando estava perto de Lee e de mim às vezes.

Não demorou muito tempo até a cafeteria se encher de gente. As luzes foram ficando mais fracas e um holofote se acendeu sobre o palco. O single mais recente de Taylor Swift começou a tocar e um cara com uma jaqueta vermelha de aviador subiu correndo ao palco. A plateia aplaudiu e eu fiz o mesmo.

O mestre de cerimônias tinha um black power, usava óculos de aros grossos e tinha um sorriso contagiante, com uma fresta entre os dentes da frente. Tinha já seus vinte e poucos anos. Suas roupas eram casuais, mas elegantes; e ele agitou os braços sobre a cabeça, gritando:

— Vamos lá, galera! Até parece que vocês estão dormindo!

Noah e Lee gritaram na nossa mesa, assim como algumas outras pessoas.

— Ah, assim está melhor! Certo, pessoal, eu sou o Jay e vou comandar o espetáculo desta noite... pagando os meus pecados. — Os aplausos e a vibração deram lugar a risadas. — Inclusive, espero que todos vocês já tenham bebido um pouco, porque temos uma seleção incrível para vocês esta noite.

A apresentação de Jay durou, talvez, uns cinco minutos, mas ele já estava com toda a plateia nas mãos; todos rindo bastante. Ele escolheu algumas pessoas entre os clientes para zoar, mas todos levaram aquilo com naturalidade.

— Temos pessoas que estão participando do show pela primeira vez? — perguntou ele.

Duas ou três pessoas levantaram as mãos, nervosamente. Eu era uma delas. Amanda se levantou com um movimento rápido, apontando o dedo para mim e segurou no pulso de Lee, erguendo o braço dele também.

— Bem aqui! Duas pessoas!

— Amanda! — falei por entre os dentes.

Jay desceu do palco e caminhou até nós segurando o microfone.

— Olá, olá, olá, novatos. Como vocês se chamam? — Ele colocou o microfone bem diante da cara de Lee.

— Eu sou Lee. E esta é Elle.

— E o que temos aqui? Dois casaizinhos saindo juntos? — Ele fez uma cara de cumplicidade para Amanda. — Oh, meu bem, o que aconteceu com aquele cara de óculos que estava com você da última vez?

— Ele está trabalhando hoje. Como mestre de cerimônias — rebateu ela.

Um coro de gritos e vibração encheu a sala, e o meu queixo caiu quando olhei para ela. Amanda nos disse todas aquelas coisas sobre o que iria acontecer esta noite e se esqueceu de mencionar aquela que, possivelmente, era a parte mais importante?

— Ei, talvez você tenha conseguido arrastar um cara engraçado para cá desta vez — disse ele, dando um tapinha no ombro de Lee. — E você, moça de coques duplos? Este moço bonito é o seu par para hoje? — Ele indicou Noah.

— Com certeza — eu disse.

— E de onde vocês são?

— Da Califórnia.

— Ah, são forasteiros! Vieram aqui para conhecer a vida dos pobres da costa leste. Nesse caso, é melhor darmos um ótimo show esta noite, não é, galera?

Ele piscou para mim e fez um *hang loose* para Lee; inclusive, conseguiu fazer isso de um jeito totalmente descolado e nem um pouco debochado. Em seguida, voltou para cima do palco.

— Agora, vamos dar início aos trabalhos desta noite com Dave, um professor de química recentemente divorciado. — Um coro de "aaaah" se formou na plateia quando ele anunciou o comediante, e Jay tirou o celular do bolso com movimentos bem exagerados, observando a tela por cima dos óculos. — Acho que química não é bem o forte dele, não é? Bem, Dave tem quarenta e cinco anos, não tem filhos, é sagitariano, tem um metro e oitenta e... caramba, acho que estou lendo o perfil dele em algum desses aplicativos de relacionamentos.

Enquanto ainda estávamos rindo, Jay chamou Dave, o comediante amador, ao palco e as pessoas o receberam com uma salva de palmas educada e encorajadoras. O olhar de Lee cruzou com o meu; ele estava sentado ao lado de Amanda. Suas bochechas estavam rosadas de tanto rir, e um sorriso lhe cortava o rosto. Eu sabia exatamente o que ele estava pensando: se a vida universitária era desse jeito, nós dois iríamos adorá-la.

Senti meu coração afundar no peito. Voltei a olhar para o palco, quase sem prestar atenção, conforme o professor de química recém-divorciado gaguejava no começo da sua apresentação.

Se a vida na faculdade ia ser assim, sim... nós dois a adoraríamos... mas seria assim se passássemos em faculdades diferentes? Lee faria novas amizades com pessoas incríveis e impecáveis, assim como Noah fez com Amanda? Será que ainda precisaria de mim?

Com meu estômago se revirando, percebi, e odiei ter percebido, a sensação de já ter perdido Lee. E isso era completamente ridículo. Eu detestava aquilo tanto quanto sentir ciúme de Amanda. Tomei outro gole da minha cerveja e tentei me concentrar na apresentação no palco, mas a sensação continuava a me incomodar. Enquanto isso, a apresentação de Dave foi ganhando mais força conforme ele era zoado. Seu humor era autodepreciativo, ao ponto em que a maioria de nós estava se retorcendo em nossas cadeiras. Uma das histórias nos deixou praticamente mortos de vergonha alheia, mas, de algum modo, acabou funcionando. Quando ele desceu do palco, as pessoas estavam aplaudindo.

— O que acharam? — perguntou Amanda quando Jay voltou para anunciar a próxima apresentação (Hailey, dezenove anos, havia acabado de voltar de um ano sabático na Ásia).

— Essa foi a melhor ideia — comentou Lee.

— É muito legal — concordei, mas minha voz deixou transparecer todo o meu desânimo. Eu não conseguia afastar a ideia de que Lee iria me trocar por alguma amiga nova em folha se fôssemos para faculdades diferentes.

O braço de Noah estava apoiado sobre o encosto da minha cadeira e ele se aproximou um pouco, erguendo o braço para envolver os meus ombros e murmurou:

— Está tudo bem?

Mas que droga, eu estava agindo de um jeito totalmente patético. Tinha vindo até Boston para passar as melhores férias de primavera da minha vida com o meu melhor amigo e o meu namorado, e agora estava me lamentando por algo que provavelmente jamais aconteceria.

Eu precisava parar de me estressar por besteira. Virei a cabeça para sorrir para ele com mais sinceridade.

— Sim. Tudo está ótimo.

Ele retribuiu o sorriso e me beijou rapidamente antes de concentrarmos nossa atenção no palco outra vez. Fizemos isso bem a tempo de ouvir a conclusão da primeira piada de Hailey, que não teve graça nenhuma e abriu os portões para que a zoeira começasse.

Os dedos de Noah se moviam na minha nuca fazendo desenhos suaves, e também fazendo com que um arrepio percorresse a minha espinha. Ele se aproximou novamente e deu um beijo logo abaixo da minha orelha. De algum modo, consegui esquecer a paranoia que estava sentindo alguns minutos antes e voltei a curtir a noite.

...

— **ELA ESTÁ FLERTANDO COM ELE — EU DISSE.**

Noah torceu o nariz, recostando-se em sua cadeira e olhando para mim.

— Não está, não.

— Está sim! Olhe ali! Está até mexendo no cabelo!

— Quer dizer que ela está a fim dele porque está mexendo no cabelo?

— Bem, sim... digo, não... ah, fique quieto! — Ele começou a rir de mim e eu lhe dei um tapa no braço.

Já havíamos visto três apresentações e houve uma pausa. Amanda foi até a fila enorme que se formou na porta do banheiro e Lee foi até o balcão para pegar mais bebidas... e uma garota começou a paquerá-lo.

Não parecia ser muito mais velha do que nós, mas definitivamente me pareceu ser do tipo "universitária". Tinha tatuagens nos pulsos e usava uma camisa de flanela com as mangas dobradas até os cotovelos e uma touca azul por sobre o cabelo curto e repicado. Com o qual ficava mexendo o tempo todo.

Enquanto eu observava, ela colocou a mão no ombro de Lee e riu de alguma coisa que ele disse. Ele se virou novamente na direção do bar... bartender? Barista? Bar-alguma-coisa, para fazer seu pedido.

A garota ficou visivelmente decepcionada quando ele não se ofereceu para lhe pagar uma bebida.

— Ele não tem a menor noção — disse Noah, balançando a cabeça. — Não deixe que ele termine com Rachel. Ele nunca vai conseguir namorar com nenhuma outra garota.

— Será que não devemos ir salvá-lo?

Noah suspirou, mas levantou-se da mesa. Ao fazer isso, um homem trombou com ele e deixou seu café respingar nos sapatos de Noah.

— Ei, cuidado — resmungou Noah.

— Desculpe, cara. Não vi você aí.

Eu prendi a respiração, observando Noah de perto. Lembrei-me de quando algum dos rapazes trombava com ele nas festas. Seus ombros batiam um contra o outro, eles se encaravam, trocavam empurrões e alguém acabava dando o primeiro soco. Quase sempre aquilo se transformava em uma briga.

Olhei para as mãos de Noah, mas elas não se fecharam em punhos como eu esperava. Ele não contraiu os ombros, nem retesou os músculos do queixo, nem... Noah ergueu a mão, mas simplesmente deu um tapinha amistoso no ombro do homem.

— Está tudo bem. Não se preocupe.

O cara se afastou. Noah fez menção de ir até o bar para ver Lee, mas eu o segurei pelo cotovelo e puxei de volta.

— Ei. O que foi aquilo?

— O quê? Ah, não foi nada demais. É só café. — Ele agitou o pé.

— Não, quero dizer... — Me levantei, inclinando a cabeça para trás para olhá-lo nos olhos, sem conseguir tirar a expressão séria do rosto. Eu sabia que Noah havia mudado bastante desde que foi para a faculdade. Ele tinha amadurecido muito, mas... não estava acostumada àquilo. — Em outras épocas, você teria acertado a cara daquele rapaz.

Noah revirou os olhos antes de olhar para o outro lado.

— Ah, deixe disso, Elle. Você está exagerando.

— Bom, será que eu preciso mencionar todas as festas em que vimos você arrumar briga? Você socou a parede da garagem uma vez, quando descobriu que a sua mãe tinha jogado fora, sem querer, uma peça nova para a sua moto.

— Eu não comecei aquelas brigas. Já te disse. E sim, fiquei bravo por causa da peça porque ela me custou quase cem dólares. — Ele arrastou os pés outra vez. — Foi só um pouco de café. Não vou socar um cara aleatório em uma cafeteria e arriscar ser preso por agressão.

Eu pisquei os olhos, ainda olhando para ele.

— Por que você está me olhando assim?

— Eu só... — falei, ofegante, balançando a cabeça e passando a mão pelos cabelos. — Você sempre me surpreende, só isso.

Agora foi a vez de Noah franzir a testa.

— E isso... é bom?

— É ótimo. — Coloquei as mãos no peito dele. — É só... diferente. — Sorri. — Vá lá. É melhor você ajudar Lee.

Ainda com um toque de incerteza na expressão, Noah foi até onde Lee estava. E olhou na minha direção uma outra vez.

Ele havia mudado muito desde que veio para a faculdade, de várias pequenas maneiras que viviam me pegando desprevenida. Ainda era convencido e altivo, e sua autoconfiança chegava quase às raias da arrogância, mas a reputação de *bad boy* que ele construiu enquanto estava na escola tinha desaparecido para sempre.

Eu sempre soube que Noah era um bom rapaz. Ele cuidava de mim e de Lee quando estávamos no primeiro ano e sempre deixava que convidássemos os nossos amigos para as festas que dava. Mas toda vez que o vi desde que ele foi para a faculdade...

Bem, é como falei... ele não parava de me surpreender. Parecia tão... adulto.

Eu sabia que isso era uma coisa boa. Agora parecia ser mais ele mesmo. Mais feliz e mais tranquilo do que costumava ser. Mas... às vezes, aquilo me assustava. E se ele tivesse mudado demais, a ponto de não ser mais o meu Noah? E se ele se tornasse alguém completamente diferente do Noah por quem me apaixonei?

Fiquei olhando enquanto ele puxava Lee em uma chave de braço, bagunçando seus cabelos e rindo quando Lee o acertou com uma cotovelada depois de se livrar da imobilização. Eles pegaram as bebidas e voltaram para a mesa. Conforme se aproximaram, ouvi Noah tirando sarro de Lee, provocando-o sobre ser incapaz de perceber que a garota o estava paquerando no bar. Lee resmungava, fazendo caretas.

— Shelly, diga a ele — Lee implorou para mim.

— Desculpe, cara. Mas ela definitivamente estava a fim de você.

Lee fez outra careta, aspirando o ar por entre os dentes e suspirando pelo nariz. Ele me olhou com uma expressão grave.

— Nunca me deixe estragar o meu relacionamento com Rachel. Nunca mais vou encontrar outra namorada.

Noah e eu trocamos um olhar e tive que me segurar para não rir. Ele piscou para mim e pegou sua bebida, me fazendo sentir um calor gostoso no fundo do estômago e garanti a mim mesma que, não importa o quanto Noah mudasse na faculdade, ele sempre seria o meu Noah.

8

OS DOIS DIAS SEGUINTES PASSARAM EM UM PISCAR DE OLHOS.
Lee e eu fomos tomar o café da manhã em um lugar meio hipster com Noah e Amanda, onde o mingau de aveia vinha em potes de maionese e o bacon era orgânico e de alta qualidade, capaz de fazer a boca salivar só com o cheiro. Eles nos levaram para dar uma volta pelo campus e dali fomos para um bar de que gostavam, com noites temáticas com temas retrô para os alunos da faculdade. Pedimos para entregarem pizza no quarto de Amanda, no alojamento, e comemos durante um jogo de War; depois, fomos até a cidade para que Noah e Amanda pudessem mostrar a Lee e a mim os seus lugares favoritos.

Noah e Lee ficaram um pouco cansados por eu querer parar a cada cinco passos para tirar fotos, mas Amanda se mostrou uma fotógrafa muito solícita. Chegou até mesmo a subir em uma árvore para tirar uma foto minha diante de um sobrado com fachada de pedra escura que tinha vasos e cerejeiras muito bonitos, e mandou que os garotos apontassem as lanternas dos celulares no ângulo certo para tirar uma foto minha pendurada em um poste de luz como se eu estivesse no filme *Cantando na Chuva*.

Foram dois dias incríveis, mas... embora isso me faça parecer egoísta, fiquei aliviada quando Lee carregou o carro para ir à Brown para se encontrar com Rachel e os pais dela. E, tudo bem, sei que isso fazia de mim uma pessoa horrível, mas eu tinha passado praticamente o ano inteiro sem ver Noah e, até o momento, não tivemos quase nenhum momento a sós.

Assim, apesar de dois dias completamente incríveis de passeios em grupo, não fiquei muito triste em estar ao lado do Mustang 65 de Lee.

Ele me entregou um punhado de embalagens de chocolate vazias que deixamos de recolher quando limpamos o carro após a chegada em Boston.

— Me mande uma mensagem quando você chegar lá. E diga "oi" à Rachel por mim.

— Sim, mamãe. — Ele revirou os olhos, mas sorriu. — Cuide-se também, Shelly. Nada de festas malucas, nada de beber demais, você sabe...

— Sim, papai — devolvi. — Nos vemos daqui a alguns dias, então?

— Isso mesmo, garota.

Ele me puxou para um abraço e, quando nos despedimos, me deu um beijo babado na bochecha e eu passei a mão nos seus cabelos para bagunça-los.

Depois que me despedi de Lee, voltei para o alojamento onde Noah estava me esperando.

— Tem certeza de que vai conseguir sobreviver sem ele?

— São só alguns dias — falei, bufando.

Ele tinha razão. Lee e eu quase nunca nos separávamos. Nas poucas férias em família que tiramos nos últimos tempos, sempre estávamos juntos. Quando éramos crianças, implorávamos aos nossos pais para que deixassem que viajássemos juntos. Eles cederam quando tínhamos oito anos, e fizemos de tudo para que eles nunca mais conseguissem se livrar desse hábito.

— Vai ser um bom treino para vocês, caso a Berkeley não aceite os dois — disse Noah, despreocupadamente, colocando o braço ao redor do meu ombro e puxando-me para junto de si, deixando seu nariz aninhado ao meu. — Não é tarde demais para tentar se candidatar a uma vaga em uma faculdade perto de Boston, você sabe...

Em vez de responder, falei:

— Acho que vamos ter um tempo só para nós. — Passei o dedo pela estampa da camiseta que ele estava usando.

Noah me puxou ainda mais para perto, até eu estar bem junto dele.

— É mesmo?

— Ah, vocês estão aí!

Não consegui evitar o impulso de apertar os dentes. Amanda podia ter um sotaque britânico incrível e ser uma pessoa totalmente agradável, mas, naquele momento, senti vontade de empurrá-la de volta pela porta, segurar na mão de Noah e sair correndo.

— Tenho ótimas notícias! Uma galera vai até o Shay's. Vamos jantar lá também. Você vai adorar, Elle. Tem um ar que lembra um boteco meio sujo, mas até que é legal, sabe? Eles servem um prato de queijo brie. É incrível! E o riesling que eles servem lá é uma delícia.

Tudo o que consegui fazer foi olhar boquiaberta para o peito de Noah diante de mim. Prato de queijo brie? Riesling? De repente, eu estava me sentindo totalmente deslocada. Além disso, só queria passar a noite inteira com Noah. Tenho certeza de que querer passar algum tempo a sós com o meu namorado não fazia de mim uma má pessoa. Olhei para Noah, esperando que ele fosse recusar a oferta por nós dois, mas ele estava sorrindo para Amanda e disse:

— Que ótimo! Você vai adorar o lugar, Elle. E vai conhecer todo mundo.

...

— SERÁ QUE EU SOU UMA PESSOA RUIM?

— Absolutamente. — Levi nem hesitou. — A pior de todas. Pense só, Elle. Que tipo de monstro quer passar o tempo a sós com o namorado em vez de continuar a fazer passeios na cidade pelo quarto dia seguido? O Twitter inteiro certamente iria concordar. Você está totalmente errada.

— Levi, estou falando sério.

Noah estava no chuveiro. Eu tinha escapado para o corredor, deixando o sapato enfiado entre a porta e o batente para que ela não se fechasse. Tinha dito a Noah, depois de ficarmos mais algum tempo conversando com Amanda, que seria ótimo tirarmos um tempo só para nós dois, mas ele não pareceu entender. Ficou o tempo todo me dizendo que seria muito divertido e o quanto eu iria adorar.

Assim, fiz a única coisa que poderia fazer àquela altura: ligar para o meu bom amigo Levi.

Eu diria que Levi era o meu segundo melhor amigo depois de Lee. E eu não queria reclamar com Lee sobre aquilo, porque não queria que ele pensasse que estava ressentida por ele ter ficado por perto nos últimos dias. Seria um soco na boca se ele pensasse que preferia ficar com Noah do que com ele. Especialmente depois de ter atravessado o país inteiro comigo de carro para que eu pudesse visitar o meu namorado.

Levi, por sua vez, me entenderia. Ele teve um relacionamento sério quando morava em Detroit, antes de se mudar para a Califórnia. Já tinha se apaixonado. Entendia esse tipo de coisa melhor do que a maioria dos rapazes. E, às vezes, era bom ter alguém para conversar que não fosse Lee.

— Você disse a ele que não quer sair para encontrar com o resto da turma?

— Sim, mas... não insisti. Isso também vai fazê-lo achar que sou fresca, ou enjoada. Você sabe, tipo, "Não, Noah, não quero sair com nenhum dos seus amigos. Não quero sair para fazer coisas nem ser sociável nas suas férias".

— Hmmm, entendi. Isso é difícil mesmo. Consegue fingir que está doente para ficar no quarto?

Chutei o batente da porta, torcendo o nariz.

— Não. Ele ficaria no quarto para cuidar de mim, e é bem óbvio que eu não estou doente.

— Cólica?

— Ele sabe que a minha menstruação desceu na semana passada.

— Cara, vocês são bem íntimos.

— A mãe de Noah e Lee martelou na cabeça dos filhos desde cedo que não há nada que seja constrangedor em relação à menstruação. Ela nunca quis que eu me sentisse sem jeito por causa disso. Especialmente por morar com meu pai e com o meu irmão.

— Ela é um doce. — Levi ficou em silêncio por um minuto. — Mas, tipo... uma cólica ainda pode funcionar.

Revirei os olhos, mas pelo menos ele me fez sorrir.

— Acho que vou ter que encarar isso. Talvez seja apenas um jantar e a gente volte para o alojamento depois.

— Não conte com isso, Elle. Você está saindo com a turma descolada da faculdade agora.

— Ei, te liguei para você me ajudar a ficar melhor em relação a isso. Você está sendo o pior amigo de todos.

— Vou te mandar uns memes para compensar. O poema da ameixa está ganhando um monte de likes e retweets no Twitter.

— Caramba. De novo?

— Você sabe que sou um grande fã de memes com poesia, Elle.

E era mesmo. Já tinha me mandado uns quinze haicais diferentes sobre um meme que viralizou algumas semanas antes. Era uma coisas muito específica, mas era realmente engraçado.

— Tenho que voltar para o trabalho. Meu intervalo está quase acabando.

— Claro, obrigada, Levi.

— Quando quiser. Me diga o que aconteceu depois. Divirta-se!

— Vou tentar — balbuciei, e desliguei o telefone. Suspirei e chutei o batente da porta outra vez. Voltei para o quarto. Noah tinha saído do chuveiro; já estava vestido e esfregando a toalha nos cabelos.

— Ei, com quem você estava conversando?

— Só estava no celular.

— Com Lee? Ele já chegou?

— Não. Estava... falando com Levi.

Noah assentiu. Era estranho, obviamente ele estava tentando disfarçar o ciúme. Deu de ombros, ainda assentindo com a cabeça.

— Legal, legal.

— Liguei só para saber como as coisas estão. Ele estava no intervalo do trabalho.

— Legal.

Gostava de ver que Noah estava se esforçando. Do mesmo jeito que eu me esforçava para não sentir ciúme de Amanda. Exceto pelo fato de que Noah não tinha beijado ela. Mas eu tinha beijado Levi.

Dei a volta ao redor de Noah, coloquei os braços ao redor do tronco dele e dei um beijo em seu ombro. Consegui sentir que ele estava bem tenso.

— Amo você.

Ele relaxou.

— Eu também amo você, Elle.

Hesitei.

Tudo que eu estava conseguindo eram algumas horas roubadas aqui e ali. E a maior parte delas era quando estávamos cansados e indo dormir depois de um dia bem movimentado com Amanda e Lee. Não era egoísmo da minha parte querer uma noite só para nós dois; Levi me diria claramente se achasse que era.

— Tem certeza de que você não quer ficar aqui esta noite? — murmurei. — Podemos começar a assistir aquela nova série de detetives na Netflix...

— Não me diga que você está ansiosa porque vai conhecer os meus amigos, Shelly. — Noah se virou de frente para mim. Ele colocou a mão na minha bochecha e o polegar sob o meu queixo, erguendo o meu rosto para olhar para ele enquanto abria aquele sorriso torto para mim, com seus olhos azuis faiscando. — Ou é porque todos eles são universitários?

Eu sabia que podia simplesmente ter sido honesta com ele, mas... bem, sempre havia o dia de amanhã. Ainda tínhamos tempo antes que Lee voltasse e nós retornássemos para a Califórnia. O que era mais uma noite dividindo Noah com seus amigos? Ergui as mãos e disse:

— Está bem, você me pegou. Estou preocupada com o fato de que vou parecer uma pateta diante de todos os seus amigos descolados da faculdade que jogam futebol americano, leem Toni Morrison e bebem riesling.

— Confie em mim, Elle. — A outra mão de Noah subiu até tocar na minha bochecha e ele se aproximou para me beijar. — Eles vão adorar você.

AQUELA NOITE COM OS AMIGOS DA FACULDADE DE NOAH SE transformou em um dia em uma galeria de arte com eles, e depois em outra noite no Shay's.

Para ser honesta, não detestei a ideia. Depois que o sentimento de intimidação e de irritação se dissolveram, percebi que era um pessoal com quem tive muita facilidade de me enturmar, e também me diverti bastante. Um dos amigos de Noah, do time de futebol americano, era fissurado em filmes, e conversamos bastante sobre alguns que eu tinha visto nos últimos tempos. A amiga de Amanda, com quem ela havia ficado hospedada enquanto Lee estava aqui, era mais desastrada do que eu, e também era incrivelmente engraçada.

Aparentemente, era uma frequentadora habitual de noites de comédia em cafeterias.

Tive medo de não conseguir acompanhar as conversas deles. Não sabia exatamente do que estava com tanto medo; não tinha nenhum problema em conversar com Amanda ou Noah. Mas a sensação com eles era... diferente, de certa forma. Fiquei aliviada em descobrir que mesmo quando eles falavam sobre alguma notícia recente, ou se era algo que tinha a ver com política, ou mesmo sobre algum vídeo engraçado que viralizou, eu era parte da conversa. Tinha algo a dizer, tinha uma opinião.

Aquilo me deixava empolgada para ir à faculdade. De um jeito que ainda não havia sentido. Mas tinha que admitir, ainda era frustrante perder uma parte tão grande do meu tempo precioso com Noah junto de outras pessoas. Assim, logo antes que Lee fosse voltar, fiquei muito contente quando percebi que Noah e eu teríamos o dia inteiro só para nós.

Passamos a manhã assistindo a um filme. Bem... certo, talvez não tenhamos passado exatamente muito tempo assistindo ao filme, mas nos beijando em vez disso.

June ligou para ver como estávamos na hora em que realmente assistíamos ao filme. Assim, enquanto Noah atendia ao telefone, eu me arrastei para fora do edredom para ir tomar um banho. Estremeci quando saí da cama. Estava frio;

algo que eu só percebi quando não estava mais coberta e encolhida junto ao corpo quente de Noah.

Levei algum tempo fazendo uma maquiagem e escolhendo uma roupa.

— Não diga que está se arrumando para mim — disse Noah na cama, praticamente ronronando como um gato. — Por que não vem aqui deitar de conchinha?

— Nada disso. Vamos sair.

— Mas está fazendo menos de dez graus lá fora.

Pois é. Me endireitei, franzindo os lábios e erguendo os ombros quando meu olhar cruzou com o de Noah, fazendo o possível para ficar séria.

— Nada disso. Lee volta amanhã à noite, então hoje é o único dia que tenho para ficar com você.

Voltei a olhar para o espelho para terminar de aplicar o delineador. Droga. Meus olhos estavam totalmente diferentes. Eu errava o delineador nove em cada dez vezes. Estava esperando que hoje seria aquela uma vez em cada dez que, por algum milagre, daria certo.

Revirei a minha bolsa procurando pelo demaquilante, dizendo a Noah:

— Vamos sair.

Ele riu e colocou os braços atrás da cabeça.

— E para onde vamos?

— Só... sair. Qualquer lugar. Vamos dar uma volta juntos.

— Quer dar um passeio à margem do rio?

A romântica incorrigível dentro de mim não conseguiu impedir a súbita explosão de imagens dignas de uma história romântica que surgiram na minha mente. Nós dois aproveitando o brilho dourado de um pôr do sol, de mãos dadas e sorrindo enquanto passeávamos ao longo do rio. Na minha mente, a Torre Eiffel também estaria ao fundo.

Não exatamente em Massachusetts. Mas, mesmo assim, aquilo ainda estava ótimo.

— Acho uma ideia perfeita.

Noah, obedientemente, levantou-se da cama, parando para me beijar antes de ir tomar um banho.

Tentei aplicar o delineador mais duas vezes. Ficou pior a cada tentativa; assim, simplesmente removi a minha terceira e última tentativa. Não ia conseguir reproduzir o look de garota descolada e elevada que eu queria. Amanda e suas amigas sempre apareciam com o delineador perfeito. Talvez pudesse pedir a elas que dividissem seus segredos comigo.

Eu estava sentada na cama, calçando as minhas botas, quando Noah colocou as mãos nos meus quadris e se inclinou sobre mim, e seus lábios encontraram os meus. Eram macios e leves, mas o beijo foi firme. Seu corpo ficou pressionado contra o meu e percebi que estava me deitando novamente sobre o edredom.

— Noah... — Suspirei, mas subitamente não estava mais com pressa de sair dali e parar de beijá-lo. Noah murmurou alguma coisa contra os meus lábios que não consegui entender, e não me importei em pedir que ele repetisse. O beijo foi ficando mais intenso e eu passei os dedos pelos cabelos dele.

— Ei, cuidado — disse ele, afastando-se e ajeitando os cabelos outra vez. — Foi você que disse que queria sair. Eu arrumei meu cabelo especialmente para a ocasião.

— Faça-me o favor — bufei. — Você só passou um pente.

— Exatamente.

Nem consegui me importar com o fato de que o coque que fiz estava se desmanchando agora, já que Noah havia me prensado na cama. Senti as mãos quentes dele na minha pele. Por mais que o seu toque fosse familiar, ele ainda me deixava completamente maluca.

Ele segurou nas minhas mãos e se levantou, puxando-me até eu estar sentada na cama.

— Vamos lá. Vai chover mais tarde.

Soltei um gemido frustrado.

— Talvez devêssemos simplesmente ficar aqui, afinal de contas.

— Deixe disso. — Ele riu. — Vamos lá, nós temos todo o resto da noite para ficar juntos.

Bufei novamente, mas terminei de calçar e atar as botas e, em seguida, peguei a minha jaqueta e o cachecol.

Passamos a tarde caminhando ao longo do rio. Não era o pôr do sol parisiense que imaginei; havia uma brisa cortante e o céu estava cinzento e cheio de nuvens. Mesmo assim, era uma paisagem estonteante. Todos aqueles prédios antigos, o rio, as árvores... inclusive, o frio parecia até mesmo valorizar ainda mais a atmosfera. Não havia muitas pessoas nas ruas, mas era mais do que eu esperava ver. E nenhuma delas parecia estar mais encapotada contra o frio do que eu.

Paramos em uma cafeteria para almoçar e pedimos sanduíches e bebidas — um chocolate quente para mim e café para Noah. Dividimos um muffin e percebi que Noah me deu a metade maior.

— Não acredito que você já vai embora depois de amanhã. — Suspirou Noah. — Você não pode mesmo ficar mais tempo?

— Temos que voltar. Eu não fiz nada das lições de casa e nem estudei durante a viagem. Ainda tenho isso para me ocupar. E o meu pai tem um congresso no interior do estado, então, tenho que estar em casa para cuidar de Brad por dois dias, não se lembra?

— Ah, sim. Mas... tipo, será que ele não pode ficar com os meus pais? Eles não se importariam.

Eu fiz que não com a cabeça. É claro que poderia, e os pais de Noah ficariam felizes em poder cuidar dele, e Brad não se importaria tanto, mas...

Bem, ele era o meu irmão mais novo. Depois que a minha mãe morreu e sempre que o meu pai tinha que trabalhar, a responsabilidade de cuidar dele era minha. De repente, tive a sensação de que, se passasse em alguma universidade em algum lugar distante, talvez essa responsabilidade não seria mais minha. E eu não sabia ao certo como me sentir em relação a isso.

Noah não entendeu direito o meu silêncio e estendeu o braço para segurar na minha mão.

— Ei, está tudo bem. Vou voltar para casa antes do que imagina. O tempo vai passar rápido. Confie em mim.

Sorri, virando a mão para entrelaçar meus dedos com os dele. Não era exatamente o que esperava que ele dissesse, mas, mesmo assim, acabou me ajudando. Depois que saímos da cafeteria, Noah enlaçou minha cintura com seu braço.

— Você andou meio quieta nesses últimos dias. Está tudo bem?

Eu não estava muito a fim de falar sobre a faculdade e sobre como tudo iria mudar, mas... Noah parecia estar muito preocupado. Seus olhos azuis e brilhantes encararam os meus como se fossem capazes de enxergar através de mim, e eu tive que ceder um pouco.

— É só... esquisito, acho. Ver você com todos os seus novos amigos. Ver você com amigos, eu acho.

Ele riu.

— Você diz isso como se eu fosse um cara totalmente isolado na escola.

— Amigos próximos — corrigi. — Você... ficou muito adulto, assim, de repente. É como se toda vez que eu o visse, encontrasse alguma coisa que mudou. Na noite de comédia, te disse que você vive me surpreendendo, e isso é verdade, e... não é algo ruim, Noah, mas é que... — Me afastei dele, ligeiramente. Olhei para os meus pés e aspirei o ar. — Fico preocupada, pensando que você vai mudar e querer estar com outra pessoa. E tudo aquilo que nos torna nós vai desaparecer.

Arrastei meus olhos de volta para o rosto de Noah, e vi que as feições dele se retorceram. Suas sobrancelhas se uniram e a boca se torceu em um dos lados; seus olhos estavam cheios de carinho também. Ele estendeu a mão e acariciou a minha bochecha com o polegar.

— Elle, eu juro que você não tem nada com que se preocupar. Nada vai mudar o que sinto por você. Você terminou o namoro comigo e eu estava a cinco mil quilômetros de distância, e ainda assim não conseguia tirar você da minha cabeça. Amo você. Nada vai mudar isso.

Não consegui evitar suspirar fundo, e encostei o rosto no peito dele para conseguir um segundo para piscar os olhos e espantar a ameaça de lágrimas. Ele era um doce sob aquela casca grossa.

— Você está lindo assim — falei a ele.

Afastei-me, passando as mãos sobre os ombros dele. Noah estava usando uma touca cinza e um cachecol de tricô azul ao redor do pescoço, enfiado sob a jaqueta almofadada. E ele estava com as mãos nos bolsos. Eu estava com as mãos ao redor do bíceps dele; suas bochechas estavam rosadas devido ao frio e a ponta do nariz ficando vermelha por causa do vento, e ele encostou o queixo no pescoço para tentar se aquecer.

— Assim como? — perguntou ele, baixando a cabeça para olhar para mim. Sua respiração criava nuvens de vapor diante do rosto.

— Assim, todo encapotado, nunca te vi assim. É muito fofo.

— Está frio — balbuciou ele. — Você não está com frio?

— Estou congelando — respondi. Já fazia algum tempo que eu não conseguia mais sentir os dedos dos pés. As botas que estava usando eram bonitas, mas talvez não fossem as mais adequadas para o inverno. Definitivamente desejei ter colocado um segundo par de meias. — Mas vale a pena. Isso aqui é...

Suspirei fundo, olhando ao redor. O tempo ainda estava feio. O céu estava cinzento e ameaçando chover, e estava fazendo um frio infernal. Não era exatamente igual às férias de primavera que curtíamos na Califórnia.

— Perfeito — eu disse a Noah. E estava sendo sincera.

Fiz uma viagem maluca e espontânea, atravessando o país de carro com o meu melhor amigo. Passei a semana toda saindo com alunos de Harvard. Fomos visitar instalações de arte pós-moderna, bares descolados e noites de comédia em cafeterias. E agora eu estava na margem de um rio, praticamente me arriscando a ficar congelada com os braços de Noah ao redor do meu corpo e seus lábios distribuindo beijos nas minhas bochechas e nariz, até finalmente — finalmente! — encontrarem os meus lábios.

Aquelas realmente eram as férias de primavera perfeitas.

SE VOCÊ GOSTOU DESTA HISTÓRIA, NÃO DEIXE DE LER

UM JOGO DE AMOR E SORTE

UM JOGO DE AMOR E SORTE

1

— AH, UM *LATTE*, POR FAVOR — PEÇO, SEM NEM MESMO OLHAR para o garçom. Não sei por que pedi isso. Nem mesmo *gosto* de café. Sou o tipo de garota que prefere um chá preto gelado ou uma infusão de ervas.

Mas sentar neste pequeno café com um nome tão elegante — Langlois — faz com que eu me sinta tão... não sei... cosmopolita? Alta classe? Descolada?

— É pra já.

O garçom se afasta e eu foco novamente no celular que está nas minhas mãos. É um modelo novo e sofisticado, e parece ser um bom aparelho. Tem a aparência de um bom aparelho. A mulher na loja *disse* que era um bom aparelho.

Pena que eu não tenho ideia de como ele funciona.

O manual está na mesa ao meu lado, mas a lombada é rígida, e o livro se recusa a permanecer aberto na página que vai me dizer como configurar a internet.

Quero dizer, não que eu saiba o que estou fazendo. Não sou apenas meio inútil quando o assunto é tecnologia — a menos que envolva baixar arquivos de música —, como também nunca tive um celular antes. Nunca precisei de um, na verdade. Não é como se eu saísse muito quando morava em Pineford.

Não penso naquele lugar como "minha casa". Por que deveria pensar assim? Não sinto falta nenhuma de lá. Estamos na Flórida há dez dias — ainda em contagem — e já adoro aqui. Para mim, não é só uma chance de virar uma página; é a chance de ter uma vida totalmente nova.

Um pigarro me distrai bem quando acredito ter compreendido essa coisa de internet. Percebo o motivo pelo qual o cara simplesmente não deixa a caneca branca fumegante sobre minha mesa: minha bolsa, a caixa vazia do celular, os cabos e o pequeno manual cobrem cada centímetro do espaço.

— Ah, sinto muito — digo, automaticamente. Tiro a bolsa e enfio o bolo de cabos de qualquer jeito na caixa.

O garçom coloca o latte na mesa e, pela primeira vez,

olho de verdade para ele. Não tem nada de especial. Ninguém olharia para ele e pensaria: *Ah, meu Deus!*, por ele ser lindo de morrer. Só que ele é, devo admitir, meio que bonitinho.

O uniforme preto e o avental verde-escuro provavelmente o deixam um pouco mais pálido do que ele realmente é. O nariz é comprido e marcante, e seus olhos são bem verdes, com cílios grossos e escuros. O cabelo escuro é curto e bem cacheado. Se ele o deixasse mais comprido, aposto que teria um emaranhado de cachos que deixaria a maioria das garotas com inveja. É alto, mas não absurdamente alto. Alguns centímetros mais alto do que eu, talvez? Mas as pernas e os braços compridos o fazem parecer até um pouco desengonçado.

— Obrigada — digo.

— Deseja mais alguma coisa?

— Não, obrigada, é só isso.

Olho novamente para meu novo celular, e depois para o manual — que mantenho aberto com o cotovelo. Parece ser um monte de bobagem, para ser honesta, mas não vejo um modo de descobrir sozinha como essa maldita coisa funciona.

— Você, ah... precisa de ajuda?

Pisco, olhando para ele. Não tinha percebido que ele ainda estava ali.

— Você não tem que servir os clientes? — É provável que

aquilo tenha soado um tanto esnobe, mas não era o que eu pretendia; só estava ficando frustrada com o celular. Há quase dez minutos que eu tentava mexer naquela coisinha de nada.

— Não estamos tão ocupados... acho que posso gastar uns minutos.

Ele estende a mão para o salão e vejo que está certo: três garotas fofocando, um casal no canto do fundo e um homem digitando alguma coisa no notebook.

— Todo mundo está na praia — ele continua, como que justificando. — Aproveitando os últimos dias do verão, antes do início das aulas. Em geral, este lugar é lotado.

Concordo com um aceno de cabeça.

— Então... quer ajuda ou não? — Ele me dá um sorriso amigável. É um sorriso um pouco torto, que sobe mais no canto esquerdo, mas parece peculiar e fica bonitinho nele.

Não sei se é o sorriso ou o fato de que realmente preciso de ajuda, mas aceito.

— Por favor? — digo, rindo timidamente.

Ele puxa a cadeira diante de mim, sentando-se nela.

— O que você está tentando fazer?

— Não tenho cem por cento de certeza. O manual dizia algo sobre configurar a internet antes de usar o celular, e havia algum tipo de código na caixa, mas não sei o que preciso fazer.

Ele estende a mão e eu lhe entrego o aparelho. Apoio a mão no manual, perguntando-me se ele precisa daquilo ou se sou uma idiota.

Acontece que ele não precisa do manual.

— Qual é o código?

Leio em voz alta o código da caixa e, depois de digitar alguma coisa no celular, ele me devolve.

— Aí está. Pronto.

Dou um sorriso.

— Obrigada! Eu juro, a tecnologia me odeia. Semana passada, eu quase quebrei o micro-ondas.

Era um pouco de exagero, claro. Eu tinha programado o aparelho errado e meu macarrão explodiu — depois disso, o micro-ondas desligou automaticamente.

O cara ri.

É agradável também, algo entre uma gargalhada grande, com vontade, e uma risada. Me faz querer sorrir.

Agora que ele está mais perto, vejo que há sardas por todo o seu rosto, em especial ao redor do nariz, sumindo conforme se espalham por suas bochechas.

— Você é nova por aqui, certo? Se não fosse, eu me lembraria de a ter visto por aí..

— Acabamos de nos mudar. Do Maine.

— Legal. Meus primos vivem lá. Estive na casa deles algumas vezes, para o Dia de Ação de Graças.

— É um lugar legal.

— Você prefere a Flórida?

Confirmo com a cabeça, talvez com um pouco de entusiasmo demais, já que ele dá uma risadinha.

— Pelo menos, o clima é melhor — digo.

— Você ainda não viu as tempestades que temos aqui.

— Mal posso esperar — falo, um pouco sarcástica, e ele sorri mais uma vez.

Eu estava muito preocupada que talvez fosse difícil fazer amigos aqui, que as coisas fossem como em Pineford, que as pessoas simplesmente não iam querer me conhecer... Especialmente por eu ser a garota nova: isso era uma via de mão dupla, como eu bem sabia. Elas tanto poderiam ficar fascinados pelo brinquedo novo quanto me evitar automaticamente.

Isso não significava que eu não sabia conversar ou não fosse simpática. Era só que, na minha antiga cidade, ninguém jamais se interessava em conversar comigo. Anos disso tornam qualquer pessoa um pouco tímida, para dizer o mínimo.

Mas fazer amigos é mais fácil do que eu imaginava.

— Em que escola você estuda? — pergunto, sentindo-me

corajosa. Ele parece ter a minha idade, mas talvez já esteja no último ano do colégio.

— Midsommer. Imagino que você também esteja matriculada lá, certo?

Faço um gesto afirmativo e continuo:

— Estou no terceiro ano. Bem, estarei, em alguns dias.

Ele gargalha mais uma vez.

— Eu também. — Ele estende a mão. — Sou Dwight.

Dwight?

Isso, sim, é que é um nome estranho, penso. Nunca, em toda minha vida, conheci ninguém chamado Dwight. Mas, de algum modo, o nome combina com este cara.

— Madison — eu me apresento, apertando a mão dele. — Prazer em conhecê-lo.

— O prazer é meu. Como você não está na praia? Aproveitando os últimos minutos de sol, vendo os caras?

— Não queria ir sozinha. Além disso, precisava de um celular novo.

Falo "novo" de propósito. Teria parecido estranho se eu contasse para ele que nunca tinha tido um celular antes.

— Ah.

— E você? — contra-ataco.

— As ondas não estão boas hoje — ele responde. — Mas, de todo modo, preciso cobrir o turno.

— Ondas?

— Para surfar.

— Ah. Legal. — Eu o analiso um pouco. Ele não se parece com um surfista. Eu sempre imaginei sufistas como caras musculosos, de ombros largos e cabelos loiros despenteados. Também que surfistas eram bronzeados por ficarem muito tempo no sol. Ele parece tão pálido e desengonçado.

Bebo o latte para preencher um pouco o silêncio, e não consigo evitar uma careta.

Eca. Definitivamente, nunca mais pedirei latte.

— Quente demais? — ele presume.

— Ah, sim... obrigada pela ajuda — falo, rapidamente.

— Dê um grito se precisar de mais alguma coisa, ok? Tenho de voltar ao trabalho antes que meu chefe me diga que não devo me misturar com os clientes. — Ele sorri mais uma vez. — Vejo você por aí?

Parece uma pergunta em vez de uma afirmação, então, eu respondo:

— Sim, claro.

— Bom conhecer você, Madison.

— Bom conhecer você também, Dwight — digo, enquanto ele se afasta.

Parece que você acaba de fazer um amigo.

Sinto-me leve e animada por dentro. Talvez não seja tão difícil me encaixar aqui no final das contas.

2

A MORTE DA TIA-AVÓ GINA É PROVAVELMENTE A MELHOR COISA que já me aconteceu.

Não me leve a mal — eu a amava, e sinto a sua falta, mas ela tinha seus "favoritos" na família. Quero dizer, ok, o irmão do meu pai e sua família vivem em Nevada, então, estavam longe demais para que ela os visitasse. Por isso, era conosco que a tia-avó Gina passava os Dias de Ação de Graças e os Natais. Para os meus primos, ela mandava um cheque pelo correio.

Quando eu era pequena, devo admitir que morria de medo dela. Ela tinha oitenta e nove anos quando morreu — uma senhora alta, ossuda, com cabelos brancos finos e dentaduras que sempre se soltavam e faziam barulho quando ela falava. Porém, quando vi suas fotos, descobri por que ela havia sido uma modelo famosa na juventude. Apesar da aparência assustadora na velhice, tia-avó Gina era uma pessoa genuinamente boa.

Ela vivia na Flórida, em uma casa grande à beira-mar. E, quando morreu, deixou tudo para nós. E eu quero dizer tudo. Uma herança imensa, a casa e todas as roupas e as joias antigas.

No início, não tínhamos certeza do que fazer com aquilo. Vender a propriedade e, talvez, comprar uma casa melhor no Maine? Manter como casa de veraneio?

Enfim, ainda não lembro quem sugeriu que nos mudássemos para a Flórida, mas, quem quer que tenha sido, tem minha eterna gratidão.

Meu pai resolveu ver no que dava. Achou uma clínica particular perto da praia na qual a casa da tia-avó Gina ficava que precisava contratar um novo médico. Minha mãe encontrou uma bela casa de três quartos, com um jardim grande e até mesmo uma pequena piscina, no subúrbio, perto de um colégio. Sendo professora do ensino básico, ela não teve dificuldades para conseguir emprego na Flórida.

Jenna, minha irmã mais velha, já tinha deixado o Maine na época; ela estuda na Universidade de Nova York e não se importava se mudássemos de Pineford, Maine, ou não. Já estava longe de lá e planejava continuar assim.

— É tão entediante. Nada acontece aqui — ela disse para meus pais quando eles perguntaram por que ela não se inscrevia em uma faculdade mais perto de casa. — Além disso, o curso parece ser melhor em Nova York. Sem contar que quero sair, ver o mundo. Isso não vai acontecer se eu ficar em Pineford.

A única coisa que os teria impedido de ir em frente seria eu — e eu mal podia esperar para me mudar.

Não havia nada para mim em Pineford. No final do meu segundo ano do ensino médio, eu basicamente tinha parado de me esforçar nas aulas, e não era como se eu estivesse deixando para trás um milhão de amigos e uma vida social agitada.

Então, quando minha mãe me perguntou, hesitante:

— Madison, querida, tudo bem para você, tudo bem de verdade, se nos mudarmos para a Flórida?

Minha resposta foi instantânea:

— Já posso começar a empacotar as coisas?

Mudar para a Flórida significava que eu poderia ter uma vida inteiramente nova.

Minha irmã Jenna era a garota que todos conheciam na minha escola, em Pineford. Era membro do comitê de boas-vindas, presidente da classe e a líder de torcida loira que era, ao mesmo tempo, bonita e inteligente. A típica garota modelo norte-americana.

E, então, havia eu.

E eu... não era Jenna.

Tentei, claro, mas estava bem feliz comigo mesma — embora não fosse por escolha que eu nunca fosse às festas, não participasse das fofocas da escola e não tivesse um namorado... Eu não fiz de mim uma perdedora solitária; aquele lugar havia sido designado para mim pelas outras pessoas da escola.

Mudar para Midsommer, em Collier County, Flórida, era minha grande chance de ter uma vida completamente nova. Ninguém ia me julgar baseando-se nos padrões da minha irmã. Ninguém tinha de saber como eu fui nos últimos anos.

Eu podia ser eu mesma.

Só que, você sabe, uma versão melhor de mim mesma.

...

PEGO A PEQUENA COLHER QUE ESTÁ NO PIRES E A VIRO NAS mãos, em um ângulo que eu possa ver minha imagem distorcida refletida. Ainda estou me acostumando a ver uma estranha quando me olho no espelho.

Quando percebi que poderia criar uma vida totalmente nova ao me mudar para cá, compreendi que era o momento perfeito para uma transformação. Porque é isso o que as pessoas fazem, certo? Elas se mudam para outro lugar e se recriam, tornando-se uma versão nova e melhor de si mesmas, não é? Então, foi o que pretendi.

Tudo bem, não tive de fazer nada muito radical. A Maddie Gorducha tinha desaparecido há quase um ano — não que alguém tivesse se importado o bastante para notar. Tirei o aparelho dentário no Natal passado. E usava lentes de contato desde fevereiro, então, tinha abandonado aqueles óculos horríveis.

Porém, quando as pessoas têm uma opinião sobre você, é muito difícil mudá-la. Elas já julgaram você, gostam de rotular, e desejam que você permaneça com esse rótulo para sempre. Você foi alocada em um lugar na sociedade delas, e é aí que querem que você fique.

Então, quando perdi peso, tirei o aparelho, e mesmo quando comecei a usar lentes de contato, simplesmente pelo fato de elas serem mais convenientes do que os óculos, ninguém se importou. As pessoas podem ser rasas e superficiais, mas de vez em quando são egoístas demais para reparar em você.

Cheguei ao ponto em que parei de me importar. Uma

vez que você constrói barreiras, é difícil derrubá-las.

Agora, no entanto, eu definitivamente me importo com o que os outros vão pensar de mim.

A nova Madison é descolada, espontânea, ousada.

Olhando meu reflexo distorcido na colher, meio que acredito que estou a caminho de ser a nova Madison.

Toco meu cabelo com a mão — não por vaidade, mas porque ainda estou me acostumando a, tipo, não ter cabelo. É uma mudança bem drástica, na verdade: tive cabelo longo a vida toda. Em qualquer outra garota — como em Jenna —, as pessoas teriam sentido inveja, mas, considerando que o meu cabelo tinha um tom insípido de loiro, e que eu não ostentava camadas nem franja para levantar um pouco o visual, dá para ver por que eu cortei tudo.

Bem, não tudo. Mas quase.

Minha mãe se assustou quando viu o que eu tinha feito no pequeno salão da nossa cidade. Ela me encarou boquiaberta e de olhos esbugalhados:

— Achei que tinha dito que ia cortar um pouco mais curto!

Mas agora sorrio para mim mesma na pequena colher prateada, porque adoro meu cabelo novo. Optei por um corte curto, deixando o cabelo um pouco mais comprido na frente, para emoldurar meu rosto. Também fiz luzes para tentar deixar a aparência um pouco menos monótona. Ah, e a franja lateral, que quase cobre meu olho esquerdo, me dá um ar de "rock chique", segundo Bobby, meu cabeleireiro. Aceitei sua opinião sobre o assunto.

O que me levou a fazer isso, no entanto, foi que eu não queria nada que pudesse usar para me esconder. Não era só para deixar minha aparência melhor — embora isso também fosse um fator. Em Pineford, eu podia abaixar a cabeça e me esconder atrás dos cabelos, colocando o fone de ouvido e fazendo o possível para ficar invisível. Eu queria mudar isso, ser a nova Madison. Então, ao cortar o cabelo, eu seria obrigada a tentar. Seria mais difícil me esconder.

Não sou particularmente bonita — sei disso, e nunca esperei que um corte de cabelo, uma maquiagem, ou o que quer que fosse, mudasse isso. Mesmo assim, comparada a como eu era em Pineford, com os óculos feios, aparelho nos dentes e quilos a mais, estou bem — não tão tediosa. E isso é bom o bastante para mim.

Uma coisa na qual tive sorte, no que se refere à genética, foi herdar a pele impecável da minha mãe. Tudo bem, a minha não é tão impecável — os hormônios adolescentes não permitem isso —, mas é perto o bastante disso.

A nova Madison é descolada, ousada, espontânea.

Ousado era o novo corte de cabelo. Resolvi a questão de

ser descolada comprando um novo guarda-roupa — você sabe, um que não fosse formado apenas por camisetas lisas e largas e jeans retos para apagar minhas formas. Meus pais ficaram bem felizes em financiar tudo isso no momento em que perceberam que eu finalmente começava a me comportar um pouco mais como uma garota normal de dezesseis anos.

Ainda tenho de lidar com a coisa do espontânea, mas isso é algo que eu realmente não consigo planejar.

Deixo a colher de lado e pego a caneca, engolindo o suficiente do latte morno para que ninguém saiba que, na verdade, não gosto daquilo.

Então, guardo minhas coisas, coloco a caixa do aparelho na sacola, e meu novo celular, agora totalmente funcional (e sem precisar mais ajuda de Dwight, o garçom, tenho orgulho de dizer), no bolso de trás do meu short jeans.

Dwight está limpando uma cafeteira quando me aproximo do balcão.

— Obrigada, mais uma vez — digo para ele. Estendo a conta, deixando uma nota de dez dólares, o que é uma gorjeta imensa para uma única xícara de latte, mas sinto que devo isso por ele ter me ajudado com o celular.

Quando falo, ele olha ao redor e, então, sorri para mim.

— Sem problema. Já está indo embora?

Confirmo com um aceno de cabeça.

— Preciso estar em casa para o jantar, então... bem, hmmm... eu... vejo você por aí. — Gaguejo. Então, dou outro sorriso e me despeço com um aceno de mão desajeitado antes de seguir para a porta.

— Ei! Hmmm, Madison?

Um pé está prestes a passar pela porta aberta, e eu me viro para olhar para ele.

— Sim?

Minha voz está surpreendentemente calma, considerando que meu coração acelerou de repente e as palmas das minhas mãos começaram a transpirar. Aperto a sacola de plástico com força. Minha boca fica seca, e engulo com dificuldade.

Porque, por um instante, penso: Ah, meu Deus, ele vai me convidar para sair?

Não seja ridícula, Madison. Você não está tão bonita assim. Você acabou de conhecê-lo. Ele não vai convidá-la para sair.

Então, Dwight fala, interrompendo minhas divagações internas e me trazendo de volta à realidade.

— O que você vai fazer amanhã?

Pisco.

Ele estava... ele tinha... me chamado para sair?

— Nada. Pelo menos, não acho que vou fazer alguma

coisa. Por quê? — Acho que estou balbuciando, então fecho a boca com força.

— Bem, eu estava pensando, já que você é nova na cidade, se... você já foi à praia?

— Não, ainda não tive a oportunidade.

— Amanhã, eu só vou trabalhar no turno da tarde — ele diz com aquele sorriso meio torto. — Vai ter uma festa na praia à noite. Tem todo ano... sabe, tipo uma coisa de fim de verão. Achei que talvez você gostaria de ir. Você pode conhecer gente nova.

Todos aqueles pensamentos aleatórios sumiram; agora minha mente está em branco, e preciso de alguns segundos para responder. Porque: a) este cara acaba de me convidar para uma festa, e eu nunca fui a uma festa antes; e b) este cara, que na verdade é bem bonitinho, não me convidou para um encontro.

— Claro — consigo dizer depois de um tempo, com um sorriso. — Tenho de ver com meus pais, mas... — paro de falar. Era babaca demais da minha parte dizer que preciso pedir para meus pais?

Ele sorri de volta.

— Ótimo. Seu celular já está funcionando bem? — Quando confirmo com a cabeça, ele acrescenta. — Vou gravar meu número aí para você. Podemos nos encontrar em algum lugar antes, para que você não tenha que chegar lá totalmente sozinha.

Sei que ele só está sendo amigável, mas mal consigo conter um sorriso imenso. Ele está me dando seu número de telefone! Penso nisso, enquanto entrego o aparelho para ele.

— Em geral, começa lá pelas oito — ele me diz.

— Ok. Hmmm. Ok. Obrigada. Eu... ah... vejo você amanhã, então.

Será que se eu desse um tapa na minha testa conseguiria parecer mais idiota? Por Deus, não consigo nem formar uma sentença?

— Tchau, Madison.

— Tchau, Dwight.

Ao sair da cafeteria, estou no sétimo céu. Sério.

Vou a uma festa (assim que conversar com meus pais)!

Desço a rua. Aqui, nos arredores da cidade, há uma pequena faixa de lojas: o Café Langlois, o salão de cabeleireiro e a biblioteca; depois, uma farmácia, umas duas lojas de discos independentes e de roupas também.

Não tenho certeza do que chama minha atenção, mas, de repente, paro para olhar a loja. Não é muito grande, é um pouco escura, e não exatamente intelectual, como o resto da rua. Em letras cursivas grandes na vitrine, leio: Salão de arte corporal urbana da Bette. E as janelas estão cobertas com fotos de piercings e tatuagens. Fico parada ali, olhando, totalmente hipnotizada.

Eu me sobressalto com o barulho da porta se abrindo, e quase derrubo minha sacola.

Uma mulher fica parada na porta, braços cruzados, olhando para mim. Engulo em seco. Ela é como um catálogo do lugar — piercings por toda orelha e rosto, tatuagens nos braços. O som suave e ligeiramente metálico de uma canção antiga do Guns N'Roses vem lá de dentro. Ela é gorda, com cabelos ondulados grisalhos que vão até os ombros.

— Posso ajudá-la com alguma coisa, querida? — ela me pergunta, educadamente.

Fico encarando, sei que isso é mal-educado, mas não consigo evitar. Sua aparência é como se tivesse um pit bull aos seus pés e uma imensa Harley-Davidson ao lado; mas o jeito como fala é como se fosse uma mãe carinhosa que sempre faz biscoitos para os filhos.

— Hmmm — digo —, só estou olhando...

Volto a olhar para a vitrine. De canto de olho, posso vê-la me analisando, e isso faz com que eu me remexa, desconfortável.

— Já pensou em colocar um piercing no nariz, querida? Nego com a cabeça.

— Não.

— Combinaria bem com você — ela me diz, e há um sorriso em sua voz. — Do lado direito, claro, por causa da sua franja.

— Ah, bem, eu nunca pensei nisso.

— Bem, você sabe onde me encontrar se mudar de ideia. Certo, querida?

Eu me viro para olhá-la, e ela me dá um sorriso caloroso.

Um piercing no nariz? Meus pais me matariam. Será que dói? E se infeccionar?

Mas a nova Madison tem que ser espontânea, certo?

E isso parece ser tão legal... além disso, combina com meu novo cabelo "rock chique", não é?

Mal terminei de pensar tudo aquilo e me escuto dizendo:

— Sabe do que mais? Claro. Por que não?

A senhora (imagino que seja Bette do Salão de arte corporal urbana da Bette) ergue as sobrancelhas para mim.

— Tem certeza, querida?

Sorrio e confirmo com a cabeça antes de segui-la para dentro, apesar do fato de estar bem assustada — porque: a) tenho a sensação de que isso vai doer muito; e b) vou ficar tão encrencada quando chegar em casa!

Primeira edição (setembro/2020)
Papel de capa Cartão 250g
Papel de miolo Pólen Bold 90g
Tipografias Arnhem e Futura Std
Gráfica LIS